Tonino Guerra · Lauer Regen

Tonino Guerra

LAUER REGEN

Eine Erzählung

Übersetzt
und mit einem Nachwort versehen
von Elsbeth Gut Bozzetti

Klöpfer & Meyer Verlag

Allen georgischen Freunden
und ihrem schönen Land

ERSTES KAPITEL

Ich streife durch das vor Hitze starrende Leningrad mit einem Freund, der versucht, der Geschichte eines Generals auf die Spuren zu kommen, dessen Adjutant ein Hund war.

Also, ich sitze in einem Zug, der zur Abfahrt nach Leningrad bereitsteht. Von dort werde ich nach Georgien weiterfahren, wo mein Freund Agadschanian mich erwartet, um mit mir in das Gebiet der Thermalquellen zu reisen. Mit Rechtecken von niedergebranntem Stroh und abgemähten Getreidefeldern, die wie Schneckenspuren glänzen, entschwindet Italien. Wie die Schafe in der Sonne, suchen die Blätter der Bäume Schatten unter anderen Blättern. Zagreb riecht nach Franz Josef. Auf spärlich bewachsenen Feldern stehen Büschel von Weiden. Hohe, rostige Gräser um ein Gewölk weißer Blumen. Wälder und Lichtungen. An abfallende Dächer geklammerte Tauben beobachten den vorüberfahrenden Zug. In Ungarn sind die Bauern bei der Heuernte, sie häufen es auf Wagen, vor die gescheckte Pferde gespannt sind. Häuser mit spitz zulaufenden Dächern. Radfahrer auf den erdigen, ungeteerten Straßen. Neben den Häusern kleine Klosetts aus Holz, wie sie bei uns auf dem Land vor fünfzig Jahren üblich waren. Große dunkle Vögel erheben sich in schwerem Flug. Der Balatonsee, auf dessen unruhigem Wasser Enten schaukeln. Wir machen Halt auf dem Bahnhof von Balatonszentayorgy, einem langen, niedrigen Vogelkäfig mit Schienen auf der ockerfarbenen Erde. Hunderte riesiger, sich parallel vorwärtsbewegender Landmaschinen, die mit blitzenden Sägeblattwalzen das Getreide mähen, durchkämmen die ukrainische Ebene. Die Weite verschlingt Menschen und Tiere. Kurze Pause in Kiev. Die alte Stadt der leuchtenden Kuppeln auf der Hügelkette entlang des breiten Dneper, der Sand ausschwitzt an seine Ufer, kilometerlang. In der Mitte des Flusses gibt es eine zopfartige Sandbank, Ziel hartnäckiger Fischer. Um zehn Uhr abends sind wir in Konotop. Ein riesiger Bahnhof. Kurzes Beinevertreten auf dem breiten, endlosen Bahnsteig. Auf den weißgetünchten Backsteinfassaden des Bahnhofs, die Fabriken aus dem neunzehnten Jahrhundert gleichen, liegt noch ein Widerschein hellen Lichts. Die Züge bewegen sich vorwärts mit angezündeten Lichtern in ihren dunklen Schnauzen. Kurz vor Mitternacht komme ich in Moskau an, gerade rechtzeitig, um in den Schnellzug nach Leningrad umzusteigen. Ich reise im Schlafwagen. Zwei Zitronen auf dem Brettchen, das zwischen den Liegen herausragt. Auf dem Gang ein paar russische und indische Generäle. Hinter den Abteilfenstern wird die Nacht stellenweise von Konstellationen blendenden Lichts erhellt, die gespensterhaft-phantastische Industrieanlagen erkennen lassen. Kurz vor dem Einschlafen ziehe ich den Vorhang zurück, um zu verstehen, was einige von mehreren weit entfernten Reflektoren ausgestrahlte Bündel bläulichen Lichtes im Himmel suchten. Einen Augenblick lang glaube ich, in dem großen, weißlichen Fleck einen kleinen, schwarzen, sich bewegenden Punkt zu sehen. Aber sofort gehen alle Lichter aus. Um fünf Uhr morgens füllt sich der Waggon mit Geräuschen und Stimmen, mit aufgeregtem Hin und Her. Ich schaue auf den Gang hinaus und sehe die Generäle und alle Reisenden in Schlaf- oder Trainingsanzügen, wie sie die eben am Horizont auftauchende Sonne betrachten. Sie warten auf die Sonnenfinsternis, die laut Ankündigung kurz nach fünf Uhr eintreten soll. Kurze Zeit bleibe ich auf, dann lasse ich mich wieder auf die Liege fallen. Ich weiß nicht, ob ich gerade wieder einschlief oder ob genau in diesem Augenblick der Schatten des Mondes die Sonne verdeckte, Tatsache ist, daß sich das Rosa des Kopfkissens grau färbte und ich nichts mehr sehen konnte.

Mischa, ein junger Wissenschaftler, der sich mit Gurgieff beschäftigt, erwartet mich. Im Taxi fahren wir über den Nevskij Prospekt. Die Straße, die ich in Moskau in dem von Prévost im neunzehnten Jahrhundert gedruckten Buch bewundert hatte, erscheint mir eher dürftig. Mischas Wohnung befindet sich im zweiten Stock eines großen Jugendstilhauses. Die Treppe aus Zement schmutzig, darauf Eimer, die mit eben ausgeschütteten Abfällen beschmiert sind. Stickige Luft, wie von erschöpften Kamelen nach der Durchquerung Arabiens. Der Aufzug funktioniert nicht, er ist mit einem Eisengitter zugesperrt, dessen Drahtgeflecht mit einer fettig-feuchten Staubschicht überzogen ist. Blumen auf alten Möbeln und an Fenstern, die auf einen Innenhof zugehen, in dem ein dreistöckiges Haus abgebröckelt und schließlich eingestürzt ist. Mir gefällt das malerische Elend um uns herum. In einer finsteren Ecke die Kloschüssel, Badewanne und Dusche in einem Zimmerchen mit Zementfußboden, der von verdächtigen Streifen durchzogen ist. Mischa hat den kleinen Kopf der Mangusten. Er kaut Salatblätter und andere gehackte Kräuter und läßt dann kleine, weiß gewordene Grasbällchen in seinen Teller fallen, die er mit einer blauen Papierserviette zudeckt. Er saugt den Gemüsen das Blut aus, stillt seinen Durst mit Wasser, das er in kleinen Schlucken mit dumpfen, entfernten Gurgelgeräuschen trinkt. Er sagt, wir bestehen aus Wasser und müssen deshalb unserem Körper viel Flüssigkeit zuführen. In Mischas ernstes Gesicht kommt plötzlich Bewegung, die Haut spannt sich über die Backenknochen hin zu den Ohren, die Augen schließen sich mandelförmig, die starken Zähne blitzen hervor. Ein stummes Lachen, eher dem Anflug eines Lächelns ähnlich. Ich verstehe nicht, was ihn erheitert haben mag. Wir essen in einem kleinen Eßzimmer mit ovalem Tisch und Majoliken an den Wänden. Handgestrickte Wollschühchen für Neugeborene liegen wie ausgestellt auf einer

Säule im Empirestil. Sie gehörten der Schwester, die jetzt in New York verheiratet ist. Der kleine Backsteinkamin ist vollgestopft mit zerknülltem Papier, Zeitungen und Bruchstücken verstaubter Dinge, die mit dem ersten Feuer verschwinden werden. Jenseits des Doppelglasfensters ein kleiner, mit riesigen Mülltonnen versperrter Innenhof, überdeckt von grauem Wellblech, das an den Dachrinnen rundum befestigt ist.

Er erzählt mir, daß ihn seit einiger Zeit ein geheimnisvoller Vorfall fasziniere, der sich in der ersten Hälfte des 19. Jahrhunderts in Petersburg zugetragen habe. Dabei überreicht er mir drei Blätter voller Aufzeichnungen, die er etlichen Geschichtsbüchern aus der Bibliothek seines Vaters entnommen hatte.

»Gestern war ganz Petersburg in Staunen und Rührung versetzt durch den großartigen Anblick, der sich unseren Augen auf dem Eis der Neva und den Dächern unserer Hauptstadt darbot. Quelle tiefer Lehre für jeden treuen Untertan ist die Tatsache, daß nicht nur die menschlichen Wesen, sondern auch die der Sprache nicht mächtigen Geschöpfe, als da sind Hunde und Vögel, die Güte und Großherzigkeit unseres Herrschers Nikolaij Pawlowitsch am eigenen Leibe haben erfahren dürfen. Auch die Tatsache, daß zu jener Zeit ein alter General in Petersburg lebte, dessen Adjutant ein Hund war, vermehrte unsere Aufmerksamkeit diesem Ereignis gegenüber.« (Artikel in der Zeitung »Severnaja Ptschela« des Journalisten Faddej Bulgarin.)

»Die Herrschaft von Nikolaij I. war gekennzeichnet durch Stillschweigen und Angst der Untergebenen, in einem Maße, daß sogar treue Diener und Freunde des Menschen wie Hunde und Vögel beschlossen zu haben schienen, daß für sie die Zeit gekommen sei, ihre Bedingungen zu stellen; einige Zeitgenossen behaupteten, dieser Aktivismus der Tiere sei dem Einfluß der westeuropäischen Revolution von 1830 zu verdanken und von einem General im Ruhestand, der einen Mischling zum Adjutanten hatte, auf sie übertragen worden.« (Aus dem Kurs »Russische Geschichte«, den der Historiker Vasilij Kljutschevskij Anfang des 20. Jahrhunderts hielt.)

»Im Winter des Jahres 1837 hat sich in der Hauptstadt des Reiches ein aufsehenerregendes Ereignis zugetragen, an dem Hunde, Vögel und ein alter General, der sich in den Schlachten gegen Napoleon hervorgetan hatte, beteiligt waren. Nebenbei gesagt, wäre es nicht schlecht, wenn die Europäer, die Rußland nicht kennen, verstehen würden, daß Vorfälle, die bei ihnen absolut unwahrscheinlich wären, in der nebelverhangenen, mysteriösen Hauptstadt des Reiches ganz und gar glaubwürdig erscheinen.« (Aus der von dem Historiker Paul Lacroix verfaßten Biographie Nikolaij I.)

Sein Doppelbett ist zur Hälfte von Büchern und Papierstapeln belegt. Das Adreß- und Telefonbuch, lang und schwer, könnte jeden Moment zu Staub zerfallen zwischen seinen rosa, mit knöchrigen Knötchen überzogenen Fingern. Auf jeder Seite hundert Namen mit kurzen, winzig klein geschriebenen Anmerkungen. Es dokumentiert zwanzig Jahre Begegnungen und Austausch zwischen Leningrad und Tiflis, wohin er fährt, um Agadschanian zu treffen.

Als wir die Wohnung verlassen, fragt er mich, warum auch ich Bluejeans trage. Er gesteht, daß er es nicht ertrage, wenn der Stoff eng an seinen langen, dürren Beinen anliegt. Auf seinen Schultern trägt er eine Tasche, angeklammert wie ein Affe, außerdem einen Rucksack, aus dem der Hals einer Flasche Wasser herausragt, das er mit Heilkräutern angereichert hat. Er geht nicht, er gleitet vorwärts wie auf Schlittschuhen und erzeugt Wind um sich herum wie Dinge, die sich mit monotonem, regelmäßigem Rhythmus bewegen.

Im Taxi entschuldigt er sich dafür, mich mitzuschleppen

auf die Suche nach Glinka, einem großen Gelehrten, der ihm dabei behilflich sein könnte, das Rätsel um das seltsame Ereignis zu lösen. Jedenfalls zeigt er mir auf diese Art die Stadt und gibt mir kurze Auskünfte über Plätze und Bauten, die ich im Vorbeifahren sehen kann. Während ich mich unbeteiligt auf diese Suche, die Mischa am Herzen liegt, mitnehmen lasse und dabei die Gelegenheit nutze, Leningrad durch die Fenster des Taxis zu entdecken, kann ich mein Gehirn nicht daran hindern, an den General und seinen Hund, den Offiziersburschen zu denken, von denen wiederholt in den Artikeln die Rede ist, die Mischa mir zu lesen gegeben hatte.

Wir stürzen uns in die Stadt, klopfen an die Türen von Glinkas Freunden und Bekannten. Alle Türen öffnen sich auf schmutzüberkrustete Treppenhäuser, deren Fußböden mit verschiedenartigen Fliesen ausgebessert sind. Von einem ansehnlichen Äußeren gelangt man in vertikale Katakomben, in denen Gestalten nisten, die wundersamerweise noch am Leben sind trotz der Belagerung durch wacklige Möbel, Flaschen und Schachteln, die an der Wand hochklettern, als wären sie im Lauf der Zeit zu Tieren mutiert und hätten wirkliche Krallen ausgebildet. Überall ist hinter die Rohrleitungen im Bad Zeitungspapier gestopft und um sie herumgewickelt. Wenn im Juli Erdbeeren und Tee angeboten werden, so ist das eine luxuriöse Einladung. Wir kommen aber auch in reiche Häuser und zu Intellektuellen mit Sammlungen sehr guter Bilder.

Mittlerweile fahren wir im Taxi kreuz und quer durch die Stadt, ohne eine bestimmte Adresse anzusteuern. Wir haben keine Spur mehr, der wir folgen könnten. Es ist glühend heiß, die Tauben kauern auf der Wiese im Schatten im Versuch, sich durch die Grashalme ein wenig Kühlung zu verschaffen. Eine Alte mitten auf der Straße, in Panik versetzt durch das Näherkommen unseres Taxis, das ihr den Weg zum Bürgersteig abschneidet, erstarrt in einem Ausdruck des Schreckens und wird zur Japanerin. Die Menschen befürchten, die Ereignisse von 1972 werden sich wiederholen, als die Sonne die Sumpfgebiete um die Stadt austrocknete, der unterirdische Torf sich entzündete und durch die Risse des getrockneten Schlamms Rauch aufstieg, der die ganze Stadt einhüllte. Wir gehen den Nevskij Prospekt entlang in der widersinnigen Hoffnung, in der Menschenmenge auf den langen Gehwegen Glinka zu finden. Zum Glück entwickelt sich aus dieser dem Zufall überlassenen Suche in meinem Innern eine Neugier anderer Art. Sandalen, die daherschlurfen wie Hausschuhe, alte Stoffhüte, wie Kinder sie in den Ferienheimen tragen oder Fahrradkappen mit einem Plastikschild sitzen auf dem Kopf von Frauen in Seidenkleidern, Ventilatoren an der Decke hinter dem Schaufenster des *gastronom*, Silberschühchen, Motorräder mit Sidecar, große Staatskarossen mit zugezogenen Vorhängen, Wolken und gelbe Sonnen auf T-Shirts, Brillen, die in Knopflöchern von lila Hemden stecken, an den vier Zipfeln geknotete Taschentücher auf dem Kopf, kein einziger Hund, Speiseeis, das seitlich an den mit Metallzähnen bestückten Mündern herabtropft, untersetzte Georgier, dunkelhäutige Navigatoren der Sonne, erhitzt auf- und abhüpfende Pobakken, in den weichen Asphalt gestampfte Nägel, entlang der Umzäunung des Stadtparkes, auf dessen weißen Bänken sonnenbadende Menschen lagern, Männer, die in der Hocke kauern, handgefertigte Stofftaschen, Männer mit Kapitänskappen und roter Jacke, Kartonverpackungen, General mit Kappe in der Hand, Taschentücher, die unkontrollierten Schweiß von den Augenbrauen wischen. Japaner mit entblößtem Oberkörper, den Hals wegen der Riemen der Fotoapparate gebogen. Kanadische und amerikanische Touristinnen in Nylonkleidern, die auf der Haut kleben. Paradiese der Kühle jenseits der Glastüren von Luxushotels. Streckenweise macht es den Eindruck, die menschliche Substanz verdunste. Die kochende

Sonne macht die gußeisernen, mit silbernem Purpurin bemalten Straßenlaternen funkeln. Auf den Fassaden der Paläste kein Schatten, die Fenster ausgelöscht. Der Nevskij Prospekt ist ein Ofen. Wir gehen mit gesenktem Kopf, versuchen, das Gesicht ein wenig im Schatten zu halten. Ich stelle fest, daß meine Schuhe weiß sind vor Staub. Bleibe stehen, um sie mir von der verschrumpelten assyrischen Frau putzen zu lassen, die zwischen Schnürsenkeln und Schuhwichse in einem Glasverschlag hockt. Wir gehen weiter den Prospekt entlang, folgen gepunkteten Blusen, Netzhemden, Sandalen aus rosa Leder und dem kratzigen Tuch eines Zigeuners im Zweireiher, auf dem Goldstaub schimmert. Endlich sind wir am Ende des Prospekts angelangt und kehren auf der gegenüberliegenden Seite zurück. Jetzt ist die Menge phlegmatisch und nur dem Anschein nach in Eile, als führe die Straße leicht bergauf. Weiße Plastiktaschen, kurze Söckchen und lange, bis zum Knöchel heruntergerollte Strümpfe, Eisverkäuferinnen, Stände, auf denen Landkarten ausgelegt sind, nahe daran, Feuer zu fangen, vereinzelt Leute unter Regenschirmen, usbekische Soldaten, die wie Schokolade in ihren faulig-grünen Uniformen dahinschmelzen, die schwarzen Schirme mehren sich, es sieht aus, als regne es.

Punkt zwei Uhr geschieht etwas Beunruhigendes. Mischa, der schweigend neben mir herlief, beginnt auf dem rechten Bein herumzuhüpfen. Er hüpft vorwärts und auch über den Gehsteig hinaus auf den Rand der breiten, stark befahrenen Straße. Ich bemerke, daß an dem Fuß, den er in die Luft hält, der Schuh fehlt. Ich drehe mich um und sehe den Schuh dort in dem aufgeweichten Teer stecken. Auch ich, wegen der Schreie erschreckt stehen geblieben, finde mich mit meinen Schuhen im Asphalt versunken. Ich sehe, daß weiter vorne andere auf dem linken Gehweg festkleben. Wer es schafft, auf die Fahrbahn zu gelangen, ist in Sicherheit. Mischa hat die Tasche, die er auf den Schultern getragen hatte, auf den Boden geworfen und stützt seinen nackten Fuß darauf ab. Die meisten läßt mehr eine Art Verzauberung denn eine wirkliche, durch den flüssigen Teer verursachte Bewegungsunfähigkeit bewegungslos verharren. Wahrscheinlich ist der Asphalt nur an einigen Stellen geschmolzen, da wo man Löcher und schadhafte Stellen ausgebessert hat. Der Nevskij Prospekt ist im Ausnahmezustand. Mein linker Fuß ist blockiert, aber das rechte Bein könnte ich problemlos bewegen. Zu welchem Zweck aber? Ich bleibe mit den anderen in Erwartung der Dinge. Vor mir eine Menge bewegungsunfähiger Leute. Nur Autos tasten sich in der Straßenmitte vorwärts, der Straßenrand ist von Menschen belagert, die von den Gehwegen losgekommen sind. Endlich von weither Sirenengeheul. Innerhalb kurzer Zeit ist die Straße von langen Gummischläuchen durchzogen, die Feuerwehrmänner in die Höhe halten. Unter dem Wasserstrahl kühlt der Asphalt auf den Gehwegen ab, wobei ganze Wolken von Dampf freigesetzt werden, welche die endlos lange Verkehrsader in Nebel einhüllen. Das Wasser spritzt auch die Menschen naß, die diese Abkühlung zu genießen scheinen. Die Dämpfe verziehen sich allmählich, und mit einem Schlag, als folgten wir ein und demselben Kommando, geht das unterbrochene Marschieren wieder los.

Als wir an der Kleinen Neva entlanggehen, zeigt Mischa mir einen im rechten Winkel zum Fluß stehenden Palast mit einer kleinen, auf weißen Säulen ruhenden Terrasse über einem von einer Mauer umschlossenen kahlen Garten. Er gehörte dem wunderlichen General, der im Alter einen Hund zum Adjutanten hatte. Mir gefällt die kleine Terrasse, von der aus der General und sein Hund auf die Kleine Neva schauen konnten. Zu Fuß durchstreifen wir die Gegend und stoßen in der Nähe der Universität auf den langen Säulengang der Magazine, in denen die Waren aus den kaukasischen Ländern gelagert waren. Hier machte der General jeden Tag, besonders im Sommer, frühmorgens seine Spaziergänge. Vom Taxi aus können wir auch die Repinastraße sehen, ein Spalt in der Altstadt mit zahlreichen Regentraufen entlang der Mauern. Während der Gewitter erschüttert Wasserrauschen diese Rohre und läßt sie zu Orgelpfeifen werden.

ZWEITES KAPITEL

Ohne daß wir es abgesprochen hätten, mache ich die Geschichte vom General mit dem Hundeadjutanten zu meiner Angelegenheit. Bei meinen nächtlichen Spaziergängen entlang der Neva, die einem Spiegel voller Monde gleicht, erwachen vergangene Ereignisse wieder zum Leben.

Das neue Leningrad dehnt sich als riesige Schlafstadt bis in die Wälder aus oder grenzt an Landzungen, die in den Golf hineinragen. Die Wohnung der zwei Schwestern liegt im siebzehnten Stock. Sie besteht aus einem Zimmer und einer Kochnische. Von Zeit zu Zeit nistet sich Glinka dort ein. Das Zimmer ist angefüllt mit Möbeln und Skulpturen, die auf dünnen Säulen die Balance halten. Die Küche beherbergt, außer Eisschrank und Gaskocher, eine Konsole im Empirestil und einen zerfledderten Sessel mit abgeknickten Vorderbeinen. Auf seine Rückenlehne ist ein großes Portrait eines Mädchens genäht, ein naives Gesicht im Stil von Rousseau. Die Wände der beiden Räume sind behängt mit Klunker und kleinen Bildern. Die zwei Schwestern bewegen sich mit der Grazie von Geishas in den labyrinthartigen Gängen zwischen den Stühlen und dem an die Wand gerückten Bett. Inna betont die Wimpern mit Wimperntusche, ihre Augen sehen dadurch aus wie Margeriten. Vor zwei Jahren hat sie auf eine Besichtigungsreise nach Italien einen Koffer mit hundert gekochten Eiern, einige Dosen Tomaten und Schwarzbrot mitgenommen. Sie hat nie in einem Restaurant oder einer Trattoria gegessen, um das Geld für Ausflüge und den Eintritt in die Museen zu sparen. Ira ist die jüngere von beiden, sie hat eine weniger nervöse Grazie. Sie haben Glinka nicht gesehen, vermuten aber, daß er im Haus eines seiner Schüler ist, der in der Gegend wohnt. Mischa verläßt die Wohnung, um auch dieser Spur nachzugehen. Währenddessen strecke ich mich auf dem von Möbeln umstellten Bett aus und erzähle in italienischer Sprache von Italien. Sie wollen meine Stimme hören, der Sprachmelodie lauschen. Inna, zitternd vor Rührung, hört mir mit geschlossenen Augen zu. Wie ein verletztes Tier läßt sie den Kopf auf meine Beine sinken. Jetzt spreche ich nur unzusammenhängende Wörter, eine Art verrückt gewordenes Wörterbuch. Die Schwester streicht über Innas glattes Haar, die meine nicht endende Litanei mit kehligen Lauten begleitet. Wahrscheinlich sieht sie im Geist italienische Straßen und Museen wieder. Ich bin müde, meine Stimme wird immer schwächer. Die beiden Schwestern sind eingeschlafen. Ich breche mein unsinniges, zu einer Abfolge bloßer Geräusche gewordenes Sprechen ab. Nachdem sie wieder wach sind, erzählen sie mir von dem Mädchen, das auf dem Sessel in der Küche abgebildet ist. Es ist Natascha, die kleine Schauspielerin, die mehrere Jahre mit ihnen lebte. Jetzt ist sie mit einem englischen Journalisten verheiratet und lebt in London. Zwischen ihnen gab es eine große Schachtelgeschichte. Natascha liebte leere Pralinenschachteln. Als sie nach London abreiste, überließ sie den beiden Schwestern ihre Sammlung, die sie auf allen ihren Umzügen mitnahmen. Als sie in die Wohnung einzogen, die sie jetzt bewohnen, stellten sie fest, daß für die Schachteln kein Platz war. Sie telefonierten nach London, um Natascha zu fragen, ob sie sich der Schachteln in irgendeiner Weise entledigen durften. Die Freundin war so verblüfft, daß sie nur mit einem Lachen antwortete, welches ausdrückte, daß sie sie nicht für so dumm gehalten hatte, diesen nutzlosen Ballast mit sich herumzuschleppen. Die beiden Schwestern legten den Hörer auf und schluchzten und stammelten mit erstickter Stimme: »Wie sie sich verändert hat! Wie sie sich verändert hat!«

Ich bleibe mehrere Tag lang in Mischas Wohnung, während er durch Leningrad streift und verbissen versucht, Glinka ausfindig zu machen oder zumindest in Erfahrung zu bringen, in welcher Gegend des finnischen Golfs sich seine Datscha befindet. Ich verbringe die Zeit damit, mir die Geschichte des Generals und seines Adjutanten, des Hundes, auszudenken. Es gelingt mir sogar, ein paar Seiten zu schreiben. Manchmal beantworte ich Telefonanrufe. Eine junge, aber kraftlose Stimme, wie die einer kranken Frau, fragt mich von Zeit zu Zeit besorgt:

»Ist Mischa zu Hause?«

»Nein, er ist nicht da.«

»Sagen Sie ihm, das sei sehr schlecht. Er soll sofort die Großmutter von Valodija anrufen.«

Eines Nachmittags schließlich übermittle ich Mischa diese Nachricht. Er hört zu und verzieht seinen Mund. Erst jetzt ist mir klar, daß in dieser mechanischen Grimasse die Androhung einer möglichen Härte lag.

»Esfir Israelivna will, daß ich mit dir über eine Stradivari spreche, aber ich habe sie beschimpft, weil ich nicht will, daß man dich da hineinzieht.«

»Wo hineinzieht?«

»In eine dumme Geschichte.«

»Sie sucht einen Mafioso, einen von denen, die gegen Geld Rache verüben.«

»Und ich, wo soll ich den finden?«

»Eben, sie denkt, alle Italiener seien Mafiosi.«

Die Sache beginnt mich zu interessieren. »Und was wäre die Aufgabe dieses Mafioso?«

»Einen französischen Diplomaten umzubringen, der eine Stradivari ihrer Großmutter nach Frankreich mitgenommen und sich nicht mehr gemeldet hat.«

»Wo ist er?«

»Wer?«

»Der Diplomat.«

»Er hat in Paris ein Restaurant eröffnet.«

»Und die Stradivari?«

»Vielleicht hat er sie dazu gebrauchen können. Er behauptet aber, man habe ihm die Geige an der Grenze abgenommen.«

Er wirft sich aufs Bett mit der Erschöpfung dessen, der nicht nur ausruhen, sondern auch diese nutzlose Suche aufgeben will. Ich sitze ganz in seiner Nähe, immer mehr in die Geschichte vom General und seinem Hundeburschen vertieft. Jetzt bin ich derjenige, der Glinka um jeden Preis treffen will, damit er mir ausführliche Angaben über jene Zeit in Petersburg machen kann. Ohne daß wir darüber gesprochen hätten, ist Mischas Interesse an einem Zusammentreffen mit dem Geschichtsexperten auf mich übergegangen.

»Kannst du mir deine Aufzeichnungen überlassen?«

»Ich warne dich, du wirst dir den Schädel einrennen.«

Er streckt seinen Arm aus, zieht ein Heftchen aus einem Papierstapel auf dem Bett und überreicht es mir.

Als Vengerov mit dem Kleinbus ankommt, stürze ich ihm die Treppen hinab entgegen. Mischa folgt mir lustlos.

Die alten Türen des Busses gehen auf mit spitzem Geknirsche, wie wenn man Sardinendosen aufschneidet. Wir fahren aus der Stadt hinaus, machen uns auf die Suche nach Glinkas Datscha im Golf von Finnland. Es ist zehn Uhr abends, aber taghell. Rechts und links von der Straße stehen Birkenwälder um kleine Kirchen aus verwittertem Holz, welche dem Himmel Räume entgegenstrecken, deren Fenster der bewegungslose, nicht endende Sonnenuntergang feuerrot färbt. Wir halten an und schauen mit anderen Neugierigen einem großen Raupenschlepper zu, der bei dem Versuch, einen umgestürzten Bus aus dem Graben zu ziehen, auf seinen Ketten hin-

und herrutscht. Mischa nutzt die Gelegenheit und fragt, ob uns jemand sagen könne, wo die Datscha von Glinka steht. Oft sieht es so aus, als seien wir auf dem richtigen Weg. Wir kommen zu baufälligen, im Wald versteckten Hütten, die wie geschaffen scheinen für einen, der sich an einen abgeschiedenen Ort flüchten will. Aber immer treffen wir auf Menschen, die mit dem Namen Glinka nichts anzufangen wissen. Schließlich klettern wir über einen niedrigen, modrigen Zaun und gelangen auf eine verwilderte Wiese, in der es vor Schnaken schwirrt. Eine Frau um die vierzig kommt uns entgegen und führt uns gleich in ihr Haus. Unsere neugierigen Fragen, ob dies Glinkas geheimer Schlupfwinkel sei, läßt sie unbeantwortet. Sie geht darüber hinweg, läßt uns die Illusion, am richtigen Ort angekommen zu sein. Ihre einzige Sorge ist, uns vor den Schnaken in Sicherheit zu bringen. Sie gibt uns eine Salbe, die auch die Soldaten benutzen. Sie selbst benutzt nichts mehr, seit ein Alter, der abgeschieden noch weiter im Inneren des Waldes lebt, sie davon überzeugt hat, daß man den Schnaken einzig bewehrt mit der Willenskraft entgegentreten müsse: Sich den ersten Stichen gegenüber gleichgültig verhalten, keine Nervosität zeigen.

»Die Schnaken sind wie die Hunde: Sie stechen, wer Angst hat vor ihnen.«

Sie bricht in lautes Lachen aus, als sei auch das ein Mittel, sich den Schnaken zu stellen. In der Hoffnung, Glinka tauche plötzlich auf, warten wir, daß sie uns Tee anbiete. Aber die einzige Person, die verschwindet und wieder auftaucht, ist sie, die als Herrin des Hauses geschäftig hin- und hergeht. Als sie uns in großen, geblümten Tassen den Tee bringt, trägt sie ein leichtes, aufreizendes Kleid. Sie kommt jetzt auf unsere anfänglichen Fragen zurück und sagt, zwar kenne sie den Herrn Glinka nicht, vermute aber, daß seine Datscha auf dem Golf stehe. Worauf sie ihre Angaben stütze, wollen wir wissen. Es sei ihr, als habe sie jenen Namen im Laufe eines Gesprächs mit einem jungen Architekten gehört, dessen Haus wenige Meter vom Wasser entfernt stehe. Der Tee verströmt usbekischen Duft. Von Neuem beginnt die Frau zu sprechen und zu lachen. Sie scheint zufrieden, uns mit ihrer List so lange aufgehalten zu haben. Ihr Problem mochte darin liegen, daß sie allein sein wollte, hin und wieder aber eine krankhafte Lust verspürte, mit anderen zu reden. Ich versuchte, sie genau zu beobachten. Eine hysterische Frau mit festen Rundungen und diesem ungestümen Lachen, das sie augenblicklich unterdrückte, um es im Inneren ihres Körpers auszukosten. Dieses Sich-Versagen des vollständigen Genusses, der freieren Hingabe läßt vermuten, daß in dem Zähnezusammenbeißen eine Art erotische Entladung stattfindet. Wahrscheinlich bricht sie auch im intensivsten Moment einer körperlichen Begegnung in ein sarkastisches Lachen aus, aus Verachtung für ihre Schwäche und aus Widerwillen gegen die hingebende Auflösung des Körpers. Möglicherweise setzt der Heiterkeitsausbruch selbst die Kraft frei, die ihren Körper mit einer überwältigenden sexuellen Energie auflädt. Ich glaube, auch Mischa gab sich ähnlichen Überlegungen hin. Als wir zum Zaun zurückkehren, weist er uns an, allein bis zum Meer weiterzugehen, das schon hinter den Pinien zu erahnen war. Er wolle mit der Frau die Sache mit dem Architekten, letzter Anhaltspunkt für Glinka, noch eingehender besprechen. Wir folgen einem sandigen Weg. Es ist Mitternacht, aber hell, als strahle ein Licht aus der Erde. Kaum aus dem Wald, sind wir am Meer. Der Golf von Finnland ist seicht, durchsetzt mit runden, aus dem Wasser ragenden Steinen. Hier und da halten schläfrige Möwen auf diesen dunklen Erhebungen ihr Gleichgewicht. Das Meer ist so hell wie der Himmel und die Luft. Langes, dünnes Gras sprießt büschelweise aus dem Sand hervor. Wir setzen uns, um dieses sanfte, beunruhigende Licht zu genießen. Da kommt vom Ende des Strandes her ein Mann langsam auf uns zu. Er zieht seine Füße durch das Wasser und erzeugt so etwas wie ein Flimmern von Spiegelscherben. Er geht, die Hosenbeine bis zum Knie aufgekrempelt, die Schuhe in der Hand. Es ist Mischa. Bei uns angelangt, setzt er sich auf einen Stein, wobei er die Füße im Wasser läßt, als nähme er ein Fußbad in einer Schüssel. Auch wir ziehen die Schuhe aus und setzen uns auf andere Steine in seiner Nähe. Er ist müde und am ganzen Körper zerknittert und voll roter Flecken am Hals und auf den Armen. Nach einer langen Pause, als wir schon von der Ergebnislosigkeit seiner Nachforschung überzeugt sind, fängt er zu sprechen an.

»Ich habe ihn gesehen«, sagt er und lächelt mechanisch dabei. »Er möchte niemandem begegnen. Er trifft lieber verbindliche Verabredungen mit einer vorher bestimmten Anzahl von Personen.«

»War er bei der Frau?«

»Nein, in einer Datscha weiter im Inneren.«

»Aber die Frau kennt ihn?«

»Selbstverständlich. Aber sie versucht, seine Ungestörtheit zu schützen.«

»Konntest du ihm ein paar Fragen stellen?«

»Die eine oder andere.«

»Hast du ihn gefragt, ob der General möglicherweise italienisches Blut in den Adern hatte?«

»Er kann auch ganz italienischer Abstammung sein. Tatsache ist, daß General Paolucci gegen Napoleon kämpfte.«

»Das heißt, ich könnte sagen, die Mutter meines Generals war Italienerin?«

»Sohn eines Architekten oder eines Künstlers, wie es damals viele gab. Er hat es sogar für möglich gehalten, daß er der Sohn jenes Rosati war, erster Geiger, Oberst und schließlich Eremit in einem seltsamen Kloster in den georgischen Bergen.«

Er steht auf und setzt sich an den Strand, um sich die Füße mit Sand trockenzureiben. Wir tun es ihm gleich. Bevor wir zu weit entfernt sind, drehe ich mich um und betrachte die Abermillionen Steine, die seit der ersten Eiszeit in dieses Meer gerollt sind. Es ist, als sei ein mit Wassermelonen beladenes Frachtschiff untergegangen und eine unterschwellige Strömung spüle die runden Früchte langsam an Land.

Während der Rückfahrt sitze ich neben Vengerov und lasse Mischa allein, der seine Müdigkeit auf dem hinteren Sitz des Kleinbusses ausgebreitet hat. Straße und Wälder schlafen im Mond.

»Ich schreibe gerade eine Geschichte, deren Hauptfigur ein General ist. Sie spielt in der ersten Hälfte des neunzehnten Jahrhunderts in Petersburg«, sage ich, um ihm einige nützliche Angaben zu entlocken.

»Er hat also den napoleonischen Krieg mitgemacht«, präzisiert Vengerov, der an dem Argument sofort Interesse findet.

»Versteht sich, aber in der Geschichte ist er ein General, der schon in Pension ist. Wie mochte er gekleidet sein?«

»Im Winter oder im Sommer?«

»Sowohl als auch.«

»Im Winter mit einer enganliegenden, knielangen Jacke, dem sogenannten *sciurtuk* , Hosen, unten eng und mit einem Gummiband befestigt. Schildmütze. Dunkelgrüne Uniform.«

»Und im Sommer?«

»Im Sommer den *mundir* mit Schwalbenschwanz.«

»Eben haben wir eine alte Straße voller Dachtraufen gesehen: Ich stelle mir vor, der General geht an Tagen mit Gewitter in diesem Gäßchen mit Schirm spazieren.«

»Mit Schirm niemals. Ein Offizier trug den *scinel,* einen Mantel aus gewalktem Stoff mit doppelter Schulter, gegen den Regen.«

»Und an den Füßen?«

»Stiefel.«

»Ich hätte gern, daß er sehr arm wäre.«

»Ein General genoß viele Privilegien, besonders nach dem Sieg über Napoleon. Jeden Monat stand ihm eine ausgezeichnete Apanage zu, und sicherlich besaß er außerdem Land und Häuser.«

»Wie könnte ich ihn ins Elend stürzen lassen?«

»Mit dem Spiel.«

»Welchem Spiel?«

»Karten, zum Beispiel, das berühmte Pharao, wie in der *Pique-Dame* von Puschkin.«

»Nicht mit Billard?« Meine Frage knüpfte an Erinnerungen aus der Kinderzeit, als hin und wieder das Gerücht ging, jemand habe sich beim Billardspiel vollständig ruiniert.

»Das Billardspiel gab es, aber es ist unwahrscheinlich, daß um hohe Einsätze gespielt wurde.«

»Ein General mit Bart?«

»Besser nicht. Nachdem Nikolaij I. sich den Bart abgenommen hatte, ahmten ihn fast alle nach.«

»Und wie rasierten sie sich?«

»Selbst. Sicher kam jeden Morgen der Bursche mit Schüssel, Handtuch und einem Krug frischen Wassers.«

»Das heißt, man braucht auch einen Diener?«

»Ohne Frage. Ich kann Ihnen auch ein eigenartiges Detail liefern. Jeder Karriereoffizier hatte seinen eigenen Bediensteten bei sich, dem er bei jeder Beförderung seine alten Uniformen schenkte. Wenn der Offizier zum General befördert wurde, schenkte der Diener seinem Herrn einen Krug und eine Waschschüssel, die aus den abgetrennten und eingeschmolzenen Knöpfen der alten Uniformen hergestellt waren. Ihr General kann also einen Krug und eine Karaffe aus Messing und anderen wertvollen Metallen besitzen.«

»Und was könnte ihn im Alter plagen?«

»Eine Anfälligkeit?«

»Ja, ein kleines körperliches Gebrechen.«

»Die Gicht, beispielsweise, oder der Hang zur Rührseligkeit.«

»Wie werden die behandelt?«

»Mit Salben, denke ich.«

Um zwei Uhr nachts kommen wir in Leningrad an. Eine helle, menschenleere Stadt ohne Schatten, deren Paläste in die Neva sickerten, in der sich der Mond wie in einem Spiegel unzählige Male brach.

DRITTES KAPITEL

*Er trug den Beinamen Feuergeneral, denn er hatte eine wir-
kungsvolle Art erdacht, die Dörfer während des Vormarsches
von Napoleon zu zerstören.*

Der General wurde am 13. September 1836 in den Ruhestand
versetzt. An diesem Tag ging er zu Fuß bis zu den von den
Holländern erbauten Schiffswerften. Er hatte verschiedene
Feldzüge mitgemacht: die Italienexpedition unter dem General Suvorov, den Feldzug im Kaukasus zur Eroberung Georgiens, die blutigen Auseinandersetzungen mit den Persern
und, besonders wichtig, den napoleonischen Krieg 1812. Am
ersten Tag seines Ruhestandes verließ er siebenmal das Haus,
denn es war ihm unmöglich, untätig vor einer Anrichte zu sitzen. Er trug den Beinamen Feuergeneral, denn er hatte eine
schnelle, wirkungsvolle Art erdacht, die Dörfer während des
Vormarsches von Napoleon zu zerstören. Sobald die französischen Truppen nahten, ließ er die hölzernen Wachtürme in
Brand setzen, in die er vorher die Tauben, die ihm jeder Guts-
besitzer hatte abliefern müssen, eingeschlossen hatte. Mit
brennendem Gefieder schlüpften die Vögel aus den Ritzen der
lodernden Türme. Sie flogen zu ihren Nestern und trugen das
Feuer in die Dachböden. Oft fielen ihre brennenden Körper
wie Kugeln auf die Binsendächer oder in die offenstehenden
Fenster verlassener Isben. Auf diese Weise entstand auch der
große Brand von Moskau, das die französischen Soldaten mit
einer kniehohen Schicht Asche empfing.

Der Hund, der ihm als Bursche diente, hatte einem Eisverkäufer spanischer Herkunft gehört. Er war schon zum Stadt-
gespräch geworden, als der General ihn anschauen ging. Sein
Herr war gestorben, der Hund lag vor der geschlossenen Tür

im Glauben, er lebe noch. Seit Tagen aß er nichts, obwohl die Straße mit Tellern und Schüsseln buchstäblich übersät war, die Kinder und andere Menschen, denen der Schmerz dieses Hundes zu Herzen ging, ihm hingestellt hatten. Aber er aß nicht und ging auch nicht mit denen, die ihn zu sich nehmen wollten. Als der General eintraf, stand der Hund auf, vielleicht um sich zu strecken oder aus Respekt vor der Autorität. Der General sagte: »Vorwärts Marsch!«, und der Hund lief vor dem großen Offizier her. Sie gelangten zur Kleinen Neva und liefen ein langes Stück auf der Straße, die den Fluß säumt. Schließlich sagte der General »Halt!«, und der Hund blieb stehen. Sie standen vor dem Haus des alten Offiziers. Mittlerweile bewohnte der General das obere Stockwerk seines Palastes, von dessen geräumiger, von acht neoklassischen Säulen getragenen Terrasse er die Kleine Neva überschauen konnte. Der Garten darunter war verwildert und mit einer Mauer umzäunt. Die anderen Zimmer des Palastes, auch die riesigen Mittelsäle, waren dem Staub und der Unordnung anheimgegeben und für immer geschlossen worden angesichts der Tatsache, daß er allein mit einem Dienstboten lebte und die weitläufigen Räume nur seine Einsamkeit vergrößerten. Der Diener, ein sehr alter Mann, konnte ihm kleine Dienste leisten, was den treuen Untergebenen darin bestärkte, sich als noch immer unverzichtbar zu fühlen. Jeden Morgen kam er mit der Waschschüssel und einem Krug Wasser, bereit für die Rasur. Der General hörte den Diener schon in den ersten Stunden nach Tagesanbruch umhergehen. Tatsächlich benötigte er mindestens eine Stunde, um den langen, verstaubten Weg durch die unaufgeräumten Zimmer bis zu den Wohnräumen des Generals zurückzulegen. Zuerst stellte er die Schüssel auf die Kommode, dann kehrte er mit dem wassergefüllten Krug zurück. Diese beiden Gegenstände hatte er, wie es Brauch war, aus den eingeschmolzenen Knöpfen der Uniformen, die sein

Herr bis zu seiner Beförderung zum General im Jahre 1810 getragen hatte, herstellen lassen. Die Aufgabe des Hundes bestand darin, seinen neuen Herrn auf den langen Spaziergängen zu begleiten, besonders wenn der Würdenträger das Eis der Kleinen Neva oder das der Kanäle studierte, um den Tag und die Stunde der Eisschmelze zu ermitteln.

Seit einigen Jahren schon war er unfehlbar. Und um den Passanten zu zeigen, daß es nur noch eine Frage von Minuten war, stand er eine Stunde vor dem vorherbestimmten Zeitpunkt mit der Uhr in der Hand da. Zuerst war ein Knistern zu vernehmen, dann durchzogen tiefe Risse die vereiste Kruste, schließlich schoben sich die Eisplatten übereinander, bis die weißen Blöcke und Bruchstücke schnell dem Meer zutrieben. Sein System für die schnelle, unfehlbare Vorhersage des Tauens beruhte auf einer rudimentären Apparatur eigener Erfindung, die aus zwei übereinandergestapelten Töpfen bestand. Der obere hatte ein Loch im Boden, das mit einem Korken zugestopft war. Im November füllte ihn der General mit Wasser und stellte ihn auf zwei kleinen Brettchen, die auf dem unteren Topf lagen, auf die Terrasse hinaus. Wenn das Wasser gefror, entfernte der General den Korken. Zu Beginn des Frühlings kontrollierte er dann Tag für Tag das Schmelzen des Eises, das in den unteren Topf tropfte. Indem er eine Verhältnisrechnung aufstellte zwischen der Höhe der Eisdecke in seinem Topf, die zwanzig Zentimeter betrug, und der Höhe der Eisdecke der Kleinen Neva, die Eisverkäufer in Blöcke zersägten, um sie an Krankenhäuser und Kaufhäuser zu verkaufen, konnte der General den Tag, die Stunde, ja sogar die Minute bestimmen, in der in Petersburg das Eis würde zu schmelzen beginnen. Er soll außer auf die zwei übereinandergestellten Töpfe auch auf ein paar zwischen dem 15. und 20. Juni gesammelte Birkenblätter und auf den Flug der Möwen vertraut haben, die mit ihrem Geschrei zum Fluß zurückkehrten.

Der Hund begleitete also seinen Herrn und lief drei Meter vor ihm her, nicht, um in einer zur Verteidigung seines Kommandanten strategisch nützlichen Entfernung zu sein, sondern vielmehr zum Zeichen des Respekts. Der General befehligte ihn von Zeit zu Zeit mit trockenen militärischen Kommandos: »Kehrt! Vorwärts Marsch! Linksum! Halt! Rühren!« Der letzte Befehl schuf zwischen den beiden entspannte, fast zärtliche Augenblicke. Einer neben dem anderen standen sie da und schauten auf die Kleine Neva oder die Große Neva. Oft kam es vor, daß der Hund durchaus nicht zufällig mit der Schnauze die Beine seines Herrn berührte, ein kaum spürbarer Kontakt, ein kurzer Verlust des Gleichgewichts. Wenn der Zauber gebrochen war, kehrten sie nach Hause zurück, der Hund nahm wieder die ihm gebührende Distanz ein und spitzte die Ohren, bereit für die manchmal bizarren Kommandos seines Generals. Eines Abends vernahm er folgenden Befehl: »Kehrt! Kehrt! und vorwärts Marsch!« Es ging ohne Zweifel darum, eine nutzlose Drehung auszuführen, an der sein Kommandant dennoch Gefallen zu finden schien. Als ihre Beziehung enger zu werden begann, sagte der Hund, nachdem sie sich an einem regnerischen Nachmittag stundenlang schweigend in die Augen geschaut hatten: »Herr General, warum haben Sie aufgehört, Schlachten zu schlagen?«

»Weil ich alt bin.«

»Alle Hunde, die ich dieser Tage getroffen habe, haben mir gesagt, sie wollen einen Aufstand machen.«

»Gegen wen?«

»Gegen alle.«

»Man muß wissen, wofür man kämpft.«

»Das müssen Sie uns sagen.«

»Aber ich weiß nicht, wogegen sich der Protest der Hunde richtet.«

»Es gibt viele Gründe.«

»Nenne mir einen.«

»Mehr Sklave sein als wir, das ist der Tod.«

»Ihr seid nicht die Sklaven, ihr seid die Freunde des Menschen.«

»Wie dem auch sei, sie haben mir gesagt, daß sie unter Ihrem Kommando bereit wären, eine Revolution zu machen.«

Der General hält inne und legt sein müdes, schmerzendes Bein auf den Rücken seines Adjutanten.

»Würdet ihr es euch zutrauen zu streiken und euch alle auf der vereisten Neva vor dem Winterpalast zu versammeln?« fragt er nach einer Weile.

»Und dann?«

»Wenn es taut, sinkt ihr ins Wasser und ertrinkt.«

»Schöne Geschichte.«

»Dieses Risiko müßt ihr eingehen. Aber der Zar könnte euch Zugeständnisse machen.«

»Was für Zugeständnisse?«

»Jetzt denke ich darüber nach und mache dann in eurem Namen eine Meldung beim Zaren.«

Nach weiteren drei Regentagen, nachdem der Hund begonnen hatte, treppauf und treppab zu rennen und seinen schnellgehenden warmen Atem auf das rechte, gichtkranke Knie auszuströmen, nahm der General den Faden des Gesprächs mit dem Hund wieder auf.

»Wir könnten fordern, alle Vögel freizulassen, die in Käfigen gefangen gehalten werden.«

»Was haben wir denn mit den Vögeln zu schaffen?« fragte der nun völlig verblüffte Hund.

»Denk daran, daß man die wichtigsten Dinge für die anderen machen muß und nicht für sich selbst.« Und ohne viel Worte beendete er das Gespräch: »Laß die Hunde wissen, daß ich befehle, am Donnerstag zu streiken. Wer sich weigert, wird erschossen«, fügte der General in dem Ton hinzu, der ihm während der Zeit als militärischer Befehlshaber eigen gewesen war.

Der Hund stand stramm, eingeschüchtert durch die veränderte und gereizte Stimme des Generals. Er verließ sogleich das Haus, um seinen revolutionären Auftrag auszuführen. Es regnete in Strömen, das Wasser war eine undurchdringliche Mauer vor seinen Augen und tropfte an ihm herab wie aus einem Sieb.

VIERTES KAPITEL

*Auch in Moskau ist es warm. Der Geschichtswissenschaftler
Natan Eidelman erzählt mir, nach dem Sieg über Napoleon
habe ein General seinen Hund Bonapart genannt. Ich fahre
mit der »Admiral Nakimov« auf dem Schwarzen Meer.*

Ich verlasse Leningrad und gehe nach Moskau, um andere
Fakten und Hinweise zu sammeln. Auch in der Hauptstadt ist
es warm. Ich komme an einem Sonntag an. Nachmittäglicher
Spaziergang in der Innenstadt, in der menschenleeren Straße
des 25. Oktober. Verschwitzte Menschen in dem schmalen
Streifen Schatten auf der rechten Straßenseite. Helle Paläste
mit Backsteinverzierungen. Eine Eisverkäuferin weigert sich,
die in der Schlange anstehenden Kunden zu bedienen. Hart-
näckig fährt sie fort, Schachteln zu falten, die sie in einer Ecke
hinter dem viereckigen Wagen verstaut. Ich gehe in die große
Markthalle, wenige Menschen um die Stände mit Gurken,
Kirschen aus der Ukraine, Melonen, Kartoffeln und Blumen.
Auf dem Innenhof leerstehende Marktstände, auf denen sich
das blendende Sonnenlicht bündelt. Ich flüchte mich in die
blaue Fleischhalle. Vollkommen leer bis auf die vielen Spat-
zen, die hin und herfliegen und sich auf den großen Fleisch-
hauerklötzen niederlassen. Die Verkäuferinnen hinter den auf
der Ladentheke aufgereihten gerupften Hühnern schlafen, das
Gesicht auf ihren verschränkten Armen. Desgleichen die
Fleischverkäufer. Ich setze mich auf einen Hocker und höre
dem Gezwitscher der fröhlich umherfliegenden Vögel zu. Es
ist heiß. Ich lehne den Kopf gegen die Wand aus kaltem Blech.
Ein Vogel hält mich für etwas anderes und läßt sich auf meinem Kopf nieder.
   Eine Gruppe ausgehungerter alter Amerikanerinnen, Chi-

nesinnen und Kinder gehen die Gorkistraße entlang. Sie sind barfuß, ihre Kleidung ist von der langen Reise von Peking nach Moskau fleckig und verschmutzt. Sie werden sich nach Belgien absetzen müssen, wo die alten Chinesinnen in den Hotels werden Teller waschen und ihre Ersparnisse in hochwertiger Währung nach China schicken können. Die anderen werden nach San Francisco weiterreisen, von wo sie vor sechs Monaten aufgebrochen sind in der Absicht, auswanderungswillige chinesische Künstler und Kulturschaffende außer Landes zu bringen. Das Unternehmen ist mißglückt, und sie mußten sich damit zufriedengeben, daß nur Alte und Kinder auswandern durften. Die Gruppe wird von einigen Frauen der Heilsarmee angeführt, auch sie barfuß und in abgetragenen Kleidern, denen man aber ihren eleganten Schnitt noch ansieht. Sie gehen in die Restaurants und bitten darum, die Teller der Gäste mit Brot auswischen zu dürfen. Wahrscheinlich schlafen sie auf dem Weißrussischen Bahnhof, wo man ihnen erlaubt, im Sitzen zu ruhen. In der Linken tragen sie einen Beutel mit ihrer Habe, auf den mageren Schultern die für diese schwülwarmen Tage viel zu schweren Schuhe. Ich kreuze einige verängstigte, ins Leere gehende Blicke, deren einziger Halt der starrköpfige Glaube an ihre fast völlig gescheiterte Mission ist. Hinter ihnen liegen sechs entbehrungsreiche Monate in China, getragen von der Hoffnung auf eine Begegnung der Liebe mit einem – der gleichen, unentrinnbaren Situation ausgelieferten – alten Menschen, danach acht Tage Fahrt in einem Güterwagen.

Die Suche nach Natan Eidelman führt mich nach Ilinskoije, einem Dorf an den Ufern der Moskova. Enge, schattige Gäßchen, gesäumt von grauen, fast weißen Lattenzäunen aus knorrigen, von Regen und Sonne ausgemergelten Hölzern, dahinter die Wände der Isben oder kleine Fenster, die zum Trocknen aufgehängten Stickereien ähnlich sind. Sandiger

Boden. Aus Sand auch das Flußbett: Wenn die Badenden sich im niedrigen Wasser der Moskova erfrischt haben, verstreuen sie ihn auf ihrem Nachhauseweg über die Gäßchen. Kleine hölzerne Schemel erlauben abendliches Sitzen und Rauchen und Nach-dem-Mond-Schielen, der mit den Geigenspielern von Chagall über dem Zaun aufsteigt. Natan hat in einer privaten Datscha zwei Zimmerchen gemietet. Seine Mutter schläft auf dem Bett, er auf dem kurzen Diwan. Ein offenes Jungengesicht mit hellen, wachen Augen, denen wenig Schlaf zu genügen scheint. Zerzauste Haare, massiger, muskulöser Körper, den er in seiner ganzen Schwere auf den Diwan oder die Stühle fallen läßt, ohne seinen Fall im geringsten zu bremsen. Der Diwan krächzt, die Stühle brechen unter ihm zusammen. Aber er springt immer, wie durch ein Wunder von seinen Gedanken mitgerissen, sofort wieder auf und schert sich im übrigen nicht um die Verwüstung, die er hinter sich angerichtet hat.

»Bonapart!« ruft er zufrieden aus. »Das könnte der richtige Name sein für den Hund.«

»Und der General?« frage ich.

Namen sprießen wie Pilze aus dem Boden, bis Natan sich schließlich auf Gagarin festlegt.

»Alexeij Iwanowitsch Gagarin«, vervollständigt seine Mutter.

Auf dem Rückweg bemerke ich, wie in den Birken- und Pappelkronen die Blätter sonnensatt herabhängen. Man spürt, daß der Sommer seinen Zenit erreicht hat und bald die ersten Regenschauer die Luft abkühlen werden.

Vor der Mauer um die großen Werkshallen der Eisenbahn wartet Valerio auf mich, um mich mit dem Ingenieur Veselicov, Spezialist für napoleonische Schlachten, bekanntzumachen. Wir gehen durch die Eisengittertore und stehen auf einem mit einem Netz von Gleisen überzogenen Gelände, auf dem die neuen elektrischen Triebwagen unter den Blicken der Krähen, die scharenweise auf den Gittermasten hocken, ihre Manöver ausführen. Unterirdisches Dröhnen, verursacht durch das Rangieren der auf dem Platz sich drängenden Lokomotiven, erzeugt Gewitterstimmung. Wir gehen in eine der vielen würfelförmigen Hallen hinein, die durch große Glaswände den Innenhof zu überwachen scheinen. Absolute Stille in den Werkshallen, in denen die elektronischen Geräte zur Überprüfung der Motoren stehen. Einige hundert Arbeiter in grauen Arbeitsanzügen und mit peinlich sauberen Händen manipulieren kleine Tasten und Schaltknöpfe, die verschiedenfarbige Lichtsignale aufblinken lassen. Wir benutzen Aufzüge, die entweder aufs Dach führen oder in die riesigen unterirdischen Lager, in denen in schöner Ordnung die Ersatzteile gestapelt sind. Der Ingenieur war damit beschäftigt, mit einem Strahlenmikroskop Eisenröhren zu untersuchen, um eventuelle Schäden im Inneren des Metalls festzustellen. Er ist dick, um die Hüften herum aufgeschwemmt. Oft kneift er seine hellen, tabakfarbenen Augen bis auf einen Schlitz zusammen, aus dem auf den beobachteten Gegenstand oder Menschen ein verhangenes, entferntes Licht zu fallen scheint. Er hält mit krankhaftem Mißtrauen Distanz, was ihn auf geheimnisvolle Weise anziehend macht. Sein besonderes Interesse gilt der Geschichte. Gerade ist er dabei, Nachforschungen über den Feldschreibtisch anzustellen, den Napoleon nach Moskau mitgebracht hat. Der General Obolenskij aus Petersburg eignete sich ihn als erster an, er schenkte ihn weiter an seine Tochter, Gattin eines reichen Georgiers, der Georgier schenkte ihn Nikolaij II., der ihn in den berühmten Kurort Borjomi in den Wäldern von Licani brachte, in seine Villa am Fluß Kurà. Der Ingenieur führt uns nach draußen, vor die Hallen, in denen die Waggons montiert werden und Arbeiterinnen damit beschäftigt sind, die Polsterung und den Stoffbezug der Sitze anzubringen.

Wir trinken Tee mit einer großen Gruppe von Schweißern, die um zwanzig Tischtennistische herumsitzen. Den Blechbecher noch in der Hand, betrete ich eine Halle, deren stählerne Dachkonstruktion mit kleinen, verstaubten Glasziegeln gedeckt ist. Die Neugier treibt mich, zwischen den langen Zügen umherzugehen. Es sind Restbestände aus dem Krieg. Aus einigen schwarzen Aufschriften schließe ich, daß es deutsche Waggons sind, die man zur Invasion Rußlands gebraucht hatte. Der Rost hat das Eisen zerfressen und den unteren Teil der Räder mit den Schienen verschmolzen. Mit Mühe gelingt es mir, eine der vielen Wagentüren zu öffnen. Ich setze mich auf die Holzbank eines Waggons und verharre eine Weile in dieser nach Verwesung und Soldatenschweiß stinkenden Luft. Aber dann flüchte ich, gehe zu dem Ingenieur zurück und verlasse die Werkshallen fast sofort.

Ich will einen jungen kirgisischen Architekten ausfindig machen. Er wohnt am Rand eines ganz neuen, endlosen Wohnviertels, dessen tausend Hochhäuser sich, wie eine Zange in zwei Reihen angeordnet, bis zu einem großen, hundertfünfzig Kilometer langen Wald hinziehen. Der Wald reicht bis nach Kaluga, wohin sich Kutuzov zurückzog, nachdem er Napoleon in dem von Gagarin, dem Protagonisten der Erzählung, in Brand gesteckten Moskau zurückgelassen hatte. Ohne die gesuchte Anschrift zu finden, irre ich ungefähr eine Stunde in diesem entsetzlichen Stadtteil umher, der fortwährend sein eigenes Bild wiederholt. Schließlich schlage ich eine große Straße zu meiner Rechten ein, bis ich in eine mir vertrautere Gegend komme. Ich treffe auf die Autobahn nach Leningrad und beschließe, einen Ausflug nach Peredelkino zu machen.

Der Garten der von Timur gemieteten Datscha grenzt an einen kleinen Teich mit grünem Wasser. Es regnet. Wir sitzen im Schutz einer Eiche und betrachten die kleinen, tropfenden

Apfelbäume um uns herum. Timur ist nervös, ausgelaugt von dem eben beendeten Buch. Während er spricht, führt er immer wieder einen Arm zum Kopf und fährt sich mit der Hand durch das kurze Haar. Manchmal verheddern sich die Wörter ungewollt in den Variationen eines leichten Stotterns. Wir gehen hinein. Schmale Liegen mit verbeulten Matratzen darauf, die Schlafstätte von Timurs Eltern, daneben Schuhe und nie ausgepackte Koffer. Der Vater ist ein kleiner, dicklicher Mann in hellem Unterhemd und Schlafanzughose, glattes Haar und Äuglein wie kleine alte Perlmuttknöpfe, die aus den Knopflöchern einer rosa Bluse hervorschimmern. Er ist Geräuschemacher von Beruf und läßt uns gleich hören, wie in Leningrad während der Schmelze das aufbrechende Eis knirscht, indem er stärkeres Papier sachte zerknüllt und aneinander reibt. Ich schließe die Augen, dieses Knirschen versetzt mich im Geist in das Leningrad von 1840, in dem mein General gelebt hat. Timurs Mutter hört zufrieden zu. Sie gleicht einem Elefanten ohne Ohren; Kinn und Doppelkinn verlängern sich zum Rüssel und verschwinden im weiten Ausschnitt ihres Schürzenkleides zwischen zahlreichen anderen Wölbungen.

Wir gehen zu der alten Kirche, der Sommerresidenz des Patriarchen aller russischen Kirchen. Graue Tauben fliegen von den goldenen Kuppeln herab, nehmen den Weg durch die Zweige und setzen sich auf die Erde, wo sie die Brotkrümel aufpicken, die ihnen alte Frauen hinstreuen, während sie auf den Gottesdienst warten. Wir setzen uns auf eine Holzbank, und Timur erzählt mir das Wenige, das er über den Oberst Rosati, wahrscheinlicher Großvater des Generals, hat in Erfahrung bringen können. Gegen Ende des achtzehnten Jahrhunderts habe er im Alter von vierundachtzig Jahren Petersburg verlassen, um seine Tage in einem georgischen Kloster zu beschließen.

Als ich endlich den Entschluß gefaßt hatte, ans Schwarze Meer zu fahren und mir die Zeit für eine Kur zu gönnen, hatte sich die Hitze in Moskau gelegt und war in den Kaukasus gezogen. Die Flugzeuge nach Tiflis wurden regelrecht gestürmt von den Menschen, die im September Urlaub machen wollten. Also nehme ich ein Flugzeug nach Odessa und buche eine Schiffsreise nach Batumi auf der »Admiral Nakimov«, einem alten Passagierschiff, das man den Deutschen während des Zweiten Weltkrieges beschlagnahmt hatte. An das oberste Geländer des Bugs gelehnt, der sich im Meer seinen Weg bahnte, umschwirrt von Möwen und dem unterdrückten Heulen der Sirenen, wurde mir bewußt, daß das eigentliche Ziel meiner Reise nach Georgien nicht so sehr die Gesundheit war, als vielmehr die Suche nach den geheimnisvollen Kathedralen aus Holz, in denen der Mönch Nikolaijev, ehemaliger Oberst Rosati, gelebt hatte, mittlerweile Großvater des Generals Gagarin.

Ich beziehe eine Kabine mit vier Schlafplätzen und einem Bullauge, das den Blick auf einen kleinen Ausschnitt des Meers freigibt. Meine Reisegefährten sind kirgisische Bauern, Mann, Frau und ein zehnjähriger Sohn. Zwischen Lidern versunkene Augen, bauchnabelähnlich, in einem in der Mitte flachgedrückten Gesicht, in dem die Nase sich wie aus einem Tal erhebt. Die Jochbeine sind die höchsten Punkte. Die aus den unterschiedlichsten Republiken stammenden Passagiere, die sich auf dem Schiff drängen, sind ein Beweis für den großartigen Versuch der Regierung, verschiedene Völker miteinander zu verbrüdern. Bevor ich mich auf meiner Liege ausstrecke, stecke ich den Kopf in das Bullauge und sehe die dunkle Flanke des Schiffs. Die Passagiere, die über die Brüstung und an die Geländer gelehnt die Kühle genießen, lassen ihre Zigarettenkippen ins Meer fallen, wo sie erlöschen. Etwas daran erinnert mich an die Glühwürmchen im Mai. Der

Rauch aus den großen Schornsteinen senkt sich aufs Meer, die Scheinwerfer und Schiffslichter streifen diese schnaubenden Wolken. Jemand läßt auch eine Zeitung herunterfallen. Die Möwen, treue Begleiter der »Admiral Nakimov«, treten ins Blickfeld und entschwinden wieder, scheinbar ohne sich zu bewegen. Der Widerschein der Scheinwerfer trifft sie manchmal unverhofft. Erst als ich mich ausstrecke, nehme ich den monotonen, gedämpften Lärm der Maschinen wahr, das Vibrieren von Metall, das Getrampel der Passagiere, treppauf und treppab. Ich nehme eine Schlaftablette.

Ich stehe sehr früh auf. Das Schiff ist menschenleer. Ich setze mich auf eine der vielen Bänke in dem von Fenstern geschützen Gang. Am Ende des langen Korridors taucht ein hinkender Passagier auf, der mühevoll einen Koffer schleppt. Er hat offensichtlich noch keine Bleibe gefunden. Er humpelt an mir vorbei und verschwindet am Ende des Gangs. Ich gehe weiter. Am Heck führt ein Mann Übungen einer Art meditativen Gymnastik aus, manchmal haben seine Bewegungen auch etwas Militärisches. Köche in verwaschenen Jacken schütten den Inhalt von Abfalleimern in große Behälter, die an den Geländern befestigt sind. Um halb neun Frühstück mit Bratwürsten, hartgekochten Eiern und einem Glas Joghurt. Das Schiff belebt sich wieder. Viele Personen sind in Badekleidung. Ein fetter Kerl hat auf jeder Pobacke eine Tätowierung. Auf der linken eine Katze, die einer Maus nachspringt, die Maus auf der rechten. Wenn er geht, wird die Tätowierung durch das sich bewegende Fleisch lebendig. Zahlreiche Zeitungen und Bücher vor dunklen Brillen schützen auf dem Oberdeck vor der leichten Brise. Um ein Uhr ist Mittagessen. Wir sind bereits in Yalta. Die Hügel sind dicht besiedelt mit modernen Hotels und Altersheimen für Arbeiter, Intellektuelle und Werktätige jeder Kategorie. Ein Volk von Sommergästen, das mit dem Übermut von Heranwachsenden spazierengeht. Mit den kirgisischen Bauern besichtige ich die Villa, die wegen der Begegnung von Stalin, Churchill und Roosevelt berühmt geworden ist. Im Park stehen einige alte Zedern, deren rötliche Arme müde zur Erde herabhängen. Im Taxi fahre ich nach Gurzuff, einem kleinen Tartarendorf an der Küste. Dort steht das Häuschen von Tschechow, unmittelbar daneben die Baracke einer Köchin mit einem kleinen, von einem ausladenden Feigenbaum überdachten Platz in den Felsen über dem Meer. Auf der einen Seite ein Strand mit moosgrünen Steinen, auf der anderen eine Rutsche aus alten Planken, auf der dichtgedrängt kleine Fischerboote liegen. Im Schatten des Feigenbaums ein Tisch, einige leere Flaschen, ein blaugestrichenes eisernes Bettgestell und eine kaputte Nähmaschine. Wildwuchernde Vegetation und verstreut herumliegende, faulende Zwiebelchen. Ein Zaun, dahinter eine große Zypresse; an Tschechows Haus informiert eine Steintafel, der Schriftsteller habe hier die *Drei Schwestern* zu schreiben begonnen.

Die »Admiral Nakimov« legt am Abend um zehn Uhr ab. Sobald wir auf offener See sind, löst ein Matrose die Haken, mit denen die Abfallbehälter festgebunden waren und kippt deren Inhalt ins Meer. Bei Sonnenaufgang setze ich mich wie gewohnt auf die Bank in dem von Fenstern geschützten Gang. Nach einer Weile habe ich den Eindruck, jemand komme vom hinteren Ende des Gangs her, von dort höre ich rhythmische Schritte. Das Geräusch wird stärker, aber es ist kein Mensch zu sehen. Neugierig, herauszufinden, wer das sein mag, gehe ich auf Deck und stelle fest, daß auf dem oberen Deck der seltsame hinkende Mann mit seinem Koffer in der Hand am Geländer lehnt. Kaum haben sich unsere Blicke gekreuzt, nimmt er seine ziellose Wanderung wieder auf.

Einen nach dem anderen durchquere ich die leeren Säle und die Bibliothek und entdecke auch einen kleinen Billardsaal. Schließlich verirre ich mich in den Korridoren, gehe

Treppen auf und ab, zwänge mich durch die engen Durchgänge der Schlafsäle, kann aber meine Kabine nicht mehr finden. Da der Barbier offensichtlich schon auf Kundschaft wartet, setze ich mich, um mir die Haare waschen zu lassen. Als der Schaum mir wie eine weiße Perücke den Kopf bedeckt, kommt kein Wasser mehr aus dem Hahn. Der Friseur spricht mit jemandem über eine Sprechanlage. Dann geht er weg und kommt mit ein paar Flaschen Mineralwasser zurück. Er wäscht mir den Schaum mit Mineralwasser ab. Auf dem Oberdeck sitzt derweil schon die dicke, parfümierte Frau und tupft sich mit einem bestickten Taschentuch, das sie zwischen ihre weißen, von Ringen funkelnden Fingern gepreßt hält, den Schweiß von den Wangen. Während ihrer vier Ehen war sie wegen unterschiedlicher Gebrechen ihrer Ehemänner, die alle hohe Staatsämter bekleideten, häufiger Gast in den berühmtesten Thermalbädern des Kaukasus gewesen. Nach dem Tod des Generals war sie Witwe geblieben; jetzt suchte sie die Orte auf, an denen die Luft gut war für ihre vom Fleisch erdrückten Lungen. In Moskau findet sie Erleichterung in den Parks. Für den Sommer verschafft sie sich Fahrkarten für Hin- und Rückreise auf Schiffen, die vor der Schwarzmeerküste kreuzen. Sie fährt ununterbrochen hin und her. Eines Morgens, als sie auf dem offenen Gang im Liegestuhl lag, stellte sich ihr eine alte, schlanke, elegante und *pripudrennaja* (geschminkte) Dame vor und überschüttet sie mit gerührter Bewunderung. Diese alte Dame setzt sich neben sie und hält ihre Hände. Sie beginnt, ihr die vergangenen Zeiten ins Gedächtnis zu rufen, ihre außergewöhnliche Schönheit, von der in ganz Rußland und in den wärmeren Republiken die Rede ging. Sie erinnerte sie an die Winter in Bakuriani, als sie Mandarinen essend durch die Gäßchen gegangen war und die Schale rechts und links von der Straße in die Schneehaufen hatte fallen lassen. Ihre Bewunderer waren ihr aus der Ferne gefolgt und hatten die Schalen aufgehoben, um ein Andenken an sie zu haben. Sie erinnerte sie daran, wie sie nach Ende des Krieges in dem Auto, das Goebbels gehört hatte, neben dem großen Generalfeldmarschall sitzend langsam durch die Straßen von Moskau gefahren war. Sie sprach von dem Strand in Soci und von dem Belvedere auf dem Hügel von Kislovodsk, als sie mit dem Orchesterdirigenten kohlensäurehaltiges Wasser getrunken hatte. Sie holte ein Paar alte Schuhe aus ihrer Tasche, die der taubstumme Schuster Goldin, bei dem die modebewußten Damen arbeiten ließen, angefertigt hatte. Sie sprach von dem kleinen Restaurant im Garten der Ermitage, wo man Forellen serviert hatte. Von den gestreiften Anzügen, den seidenen Sandalen, den Küssen, die ihr am Tag des Sieges auf dem Roten Platz alle hatten geben wollen. Von dem Pelzmantel, den ihr die Efimova gefertigt hatte für Stalins Begräbnis, als ungeachtet der Menschenmenge, die sich in der Gorkistraße der Mauer entlang vorwärtsschob, für sie soviel Platz war, daß niemand sie berührte. Dann von den langen Jahren der Abwesenheit von Theatern, Restaurants und Stränden. Und unverhofft eine sehr flüchtige Wahrnehmung, im vergangenen Jahr, als sie in einer Straße von Gagra in der leicht bewegten Luft das Parfüm erkannt habe, das auch jetzt aus der Fülle ihres rosaroten Fleisches verdunstete. Hier, endlich, könne sie sie wiedersehen und in die Arme schließen. Mit ihrer ganzen Zuneigung in den hellen und vor Aufregung geröteten Augen fragte die gepuderte Dame: »Erinnern Sie sich an die Zeit, als Sie jung waren?« Erschrocken dreht sich die Angesprochene zu der Frau, deren Augen ganz nah waren. Da erkennt sie unter dem sorgfältigen, sich jetzt im Schweiß auflösenden Make-up die Gesichtszüge des Orchesterdirektors, den sie in einer Mondnacht geliebt hatte. Jetzt, im Alter, lebte er seine immer unterdrückte Weiblichkeit aus.

FÜNFTES KAPITEL

Am dritten Tag der Reise lasse ich mich von dem lauen Regen des Kaukasus durchnässen. Durch ihn werden Visionen greifbar. Ich sehe den General und seinen Adjutantenhund, wie sie die Neva entlangspazieren und Puschkin treffen.

Als ich am dritten Tag der Reise morgens um elf Uhr auf dem hölzernen Oberdeck der »Admiral Nakimov« saß, hat mich der Regen überrascht. Am Horizont das Ufer. Der Himmel war wolkenlos, und ich verstand nicht, was es mit diesem Wasser auf sich hatte. Es war, als fielen unaufhörlich Schleier herab. Vorhänge aus einer lauen Substanz. Man konnte nicht mehr einzelne Tropfen unterscheiden, auch Wolken konnten sich so schnell nicht bilden. Das von der Sonne aufgesogene Wasser fiel nach einer kurzen Parabel wieder ins Meer, ohne eine der vielen möglichen Formen zu bilden, die Wolken haben können. Ich wußte sofort, daß es sich lohnen würde, sich nicht vom Fleck zu bewegen. Es war die Gelegenheit, sich durch und durch naßregnen zu lassen. Ich war nicht der einzige, der diesen Wunsch hegte, auch andere Touristen saßen regungslos auf dem Deck und ließen sich durchnässen. Auch sie wußten, daß man den lauen Regen des Kaukasus erst dann richtig genießt, wenn er durch die nassen Kleider hindurch bis auf die Haut dringt. Ich trug einen Sommeranzug, den ich an der Piazza Trevi gekauft hatte. Jacke und Hose aus weißem Leinen, Modell Cooper. Der Stoff war knitterig wie das Einschlagpapier für frittierten Fisch, der auf dem Markt verkauft wird. Ich saß zusammengekauert da, und das Wasser bildete meine Wirbelsäule auf dem Stoff ab, der mir auf der Haut klebte. Meine Sehkraft schien sich verstärkt zu haben. Ich brauchte keine Brille. Der Geist schuf Bilder von dichterer Beschaffenheit. Jetzt, nachdem ich mit mehreren Leuten gesprochen habe, die sich damit beschäftigen, weiß ich, daß die Phänomene des lauen Regens von Dichtern und Schriftstellern untersucht und genutzt werden. Mandelstam hat ihn das Opium der Kaukasier genannt. Ein entspannender Regen, durch den Visionen greifbar nahe rücken. Beunruhigende Visionen, Gestalten, die bald zum Leben erwachen, zunächst stumm, wie auch die Landschaften stumm bleiben, in denen sie sich bewegen. Dann steigt aus der Tiefe des Wassers, aus einer gelblichen, durchsichtigen Wand mit sich verschiebender Oberfläche, die Stimme des Generals empor, der mit dem Hund Bonapart spazierengeht.

Sie gehen in den frühen Nachmittagsstunden eines kalten Tages die Neva entlang.

»Ist der Rüssel ein fünftes Bein?« fragt der Hund.

»Nein.«

»Was ist er dann?«

»Die Nase.«

»Ich habe noch nie eine Nase gesehen, die am Boden entlangschleift!«

»Es ist eine Nase, die aufsaugt.«

»Dann ist es also eine Pumpe.«

»Eine Pumpennase.«

»Trinkt er mit der Nase?«

»Nein, aber er spritzt sich das Wasser in den Mund.«

»Und wozu ist diese Nase sonst noch zu gebrauchen?«

»Um Dinge vom Boden aufzulesen.«

»Das könnte er auch mit der Zunge machen.«

»Stimmt, aber der Elefant ist groß und kann nicht so leicht hinknien.«

»Dann ist es also ein Arm.«

»Er gebraucht ihn tatsächlich auch als Arm. Wenn er zum Beispiel einen Baum aufheben will, hält er ihn mit dem Rüssel fest und steckt ihn sich unter den Arm.«

»Ist es nun eine Nase oder ein Arm?«

»Das eine und das andere.«

»Das ist das erste Mal, mein General, daß ich sagen höre, eine Nase könne auch ein Arm sein.«

»Es gibt immer ein erstes Mal.«

»Aber wann ist in Rußland ein Elefant gelandet?«

»Der erste Elefant war ein Geschenk des Schah von Persien für einen unserer Zare.«

»Tak.« Zustimmendes Wedeln mit dem Schwanz.

»Er ist über Land gereist und auch auf Floßen zu Wasser.«

»Tak.«

»Man hat ihn nach Moskau gebracht, wo er das Volk in Staunen versetzte.«

»Wie hieß er?«

»Das weiß ich nicht. Ich weiß aber, daß ihn die meisten Moskauer angeschaut haben.«

»Tak.«

»Unglücklicherweise brach zu der Zeit eine Pestilenz aus, und jemand hat gesagt, der Elefant sei schuld daran.«

»Tak.«

»Daraufhin hat man dann nichts mehr von ihm gehört.«

»Oft hört man von jemandem oder etwas nichts mehr. Wohin verschwinden sie?«

»Wo sie nicht mehr lästig sind.«

»Aber der Elefant war doch niemandem lästig.«

»Aber man hegte den Verdacht, er sei es.«

»Meines Wissens gibt es zwei Möglichkeiten: entweder man ist lästig oder man ist es nicht.«

»Jemandem ist man immer lästig.«

»Ich zum Beispiel, wem bin ich lästig?«

»Den Katzen.«

»Aber, General, ich schwöre, daß ich mir nie etwas aus ihnen gemacht habe.«

»Du schon, aber die anderen Hunde sind immer auf dem Sprung, einer Katze an den Kragen zu gehen.«

»Das ist ein übles Gerücht.«

»Gerüchte sind schlimmer als die Wahrheit.«

»Der ersten Katze, die ich sehe, springe ich an den Hals, das schwör ich dir.«

»Du wirst mit zerkratzter Schnauze nach Hause kommen.«

»Das wird mir nicht passieren. Ich bin unheimlich schnell.«

»Wann?«

»Immer.«

»Lassen wir das.«

»Sie denken an das eine Mal mit der Maus?«

»Auch.«

»Aber die Mäuse sind Geschosse!«

»Ich hatte dir befohlen, ihr den Weg abzuschneiden.«

»Das hab' ich auch gemacht.«

»Zu spät.«

»Ich war einen Moment unentschlossen.«

»Im Angriff darf man nie zögerlich sein.«

»Das nächste Mal bin ich ein Blitz.«

»Hoffentlich.«

»Sie glauben mir nicht?«

»Machen wir, wer von uns beiden zuerst in Moskau ankommt?«

»Mein General, Sie machen Witze.«

»Ich mache keine Witze.«

»Aber ich komme zuerst an, auch wenn ich mit einem Bein laufe.«

»Du kannst auch mit acht Beinen laufen.«

»Laufen wir gleich los?«

»Einverstanden.«

»Fertig, los.«

Der Hund rennt blitzschnell den Fluß entlang, aber schon befiehlt der General, stehenzubleiben. Bonapart kehrt um.

»Was ist los?«

»Ich bin schon angekommen.«

»Wo?«

»In Moskau.«

»Und wie haben Sie das angestellt?«

»In Gedanken.«

»Aber Sie sind hier.«

»Jetzt ja, aber vor wenigen Augenblicken war ich auf dem Roten Platz. Es schneite.«

»Und das soll ich glauben?«

»Zweifelst du an dem Wort deines Kommandanten?«

»Warum, darf man daran nicht zweifeln?«

»Niemals.«

»Dann kann auch ich sagen, daß ich in Persien angekommen bin.«

»Gewiß.«

»Und Sie glauben das?«

»Nein.«

»Warum nicht?«

»Weil ich sicher bin, daß du mir nicht sagen kannst, in welcher Stadt du angekommen bist.«

»Das weiß ich tatsächlich nicht.«

»Ich hingegen habe dir die Stelle genau benannt.«

»Man sieht, daß Sie diesen Platz kennen.«

»Im Geist kommt man nur an den Orten an, die man kennt.«

»Das stimmt nicht, ich komme überall hin.«

»Richtig, aber das sind Orte, die nicht wirklich existieren.«

Eine Maus, die über den gefrorenen Fluß huscht, läßt sie erschrocken stehenbleiben. Mit vor Schreck weit aufgerissenen Augen folgen sie ihr, bis das Vieh in einem Haufen Dreck verschwindet.

»Warum gibt es kleine Tiere, die mehr Angst einjagen als große?« fragt kurz danach Bonapart.

»Das kommt daher, daß sie giftig sind.«

»Die Maus ist nicht giftig, und trotzdem macht sie einer Menge Leute Angst.«

»Auch mich ekelt sie. Aber Angst ist das nicht.«

»Jedenfalls rennen die Leute davon.«

»Die Frauen vor allem.«

»Auch die Männer.«

»Sie ekelt einen.«

»Worin liegt der Unterschied zwischen Ekel und Angst?«

»Die Angst packt dich, wenn du in Gefahr bist, Ekel überkommt dich, auch ohne daß eine Gefahr besteht.«

»Warum zertritt man die Maus dann nicht?«

»Weil es einen ekelt, sie zu berühren. Das ist etwas, was dir den Magen abschnürt.«

»Und ich, errege ich Ekel oder Angst?«

»Weder das eine, noch das andere.«

»Nicht einmal Angst?«

»Manchmal, wenn du wütend bist, kannst du Angst machen.«

»Wem zum Beispiel?«

»Den Vögeln.«

»Das hab' ich gemerkt, das freut mich.«

»Alle haben jemanden, dem sie Furcht einjagen.«

Der General schaut zufrieden auf seinen Adjutanten hinunter. Was für Tage waren ins Land gegangen, seit er beschlossen hatte, ihn in seine Dienste zu nehmen!

Wenige Schritte vor ihnen hält ein Schlitten, ein Herr steigt aus und schaut vom Flußufer aus mit Wehmut in den Augen auf Petersburg.

Als der Mann, der über dem Mantel auch einen Bärenpelz trägt, umkehrt, um in den Schlitten einzusteigen, bemerkt er den General und reicht ihm seine Hand zum Gruß.

»Auf Wiedersehen, Herr General.«

Der hohe Offizier ist überrascht und verwirrt. Es kam mittlerweile sehr selten vor, daß ihn jemand erkannte.

»Wissen Sie, wer ich bin?«

»Gewiß. Ich habe Ihr Portrait im Winterpalast gesehen.«

»Ist mir das Portrait ähnlich?«

»Ziemlich.«

Erst jetzt erkannte der General den würdevollen Herrn.

»Reisen Sie ab, Herr Puschkin?«

»Möglicherweise, aber ich möchte nicht.«

Der Dichter steigt in den Schlitten ein, der auf der vereisten Straße davonfährt.

Während des Nachhausewegs fangen der General und sein Adjutant wieder zu reden an.

»Warum träume ich eigentlich nie?« fragt der Hund und bleibt dabei stehen.

»Auch ich träume wenig.«

»Ich gar nie.«

»Ich träume immer dasselbe.«

»Das wäre?«

»Die Tauben.«

»Was machen sie?«

»Ich träume von denen, die ich im Krieg gegen Napoleon eingesetzt habe.«

»Tak.«

»Kennst du die Geschichte von der Prinzessin Olga?«

»Nein.«

»Um ihren Mann, den die Bauern umgebracht hatten, zu rächen, beschlagnahmte die Prinzessin ihre Tauben. Nachdem sie deren Flügel angezündet hatte, ließ sie sie frei. Auf diese Weise setzten die Tauben alle Häuser in Brand.«

»Tak.«

»Ich habe dasselbe gemacht mit den Dörfern, kurz bevor Napoleon sie einnehmen konnte.«

»Das also ist der Grund, weshalb Sie alle Vögel freilassen wollen: Sie müssen um Vergebung bitten.«

»Auch das.«

»Das scheint mir recht und billig.«

»Aber weißt du auch, was die Dorfbewohner machten, als sie aus der Ferne ihre brennenden Häuser sahen?«

»Wie soll ich das wissen?«

»Sie nahmen ihre Hausschlüssel aus den Taschen und warfen sie in den Hut des Dorfältesten.«

»Tak.«

»Dann begruben sie den Hut, und alle knieten drum herum und beteten.«

Vor dem Winterpalast bleiben sie lange stehen, denn genau dort wird auf dem gefrorenen Fluß um Mitternacht die große Revolte der Hunde beginnen, für die Freilassung der in Käfigen gefangengehaltenen Vögel. Sie betrachten eine Weile schweigend die phosphoreszierende Eisdecke, doch bald dringen entfernte, verzweifelte Schreie zu ihnen. Die Straßen füllen sich mit weinenden Menschen, Kutschen fahren schnell und ohne jede Ordnung über die Brücken. Schließlich erfahren sie, was die Stadt in Aufruhr versetzt hat: Puschkin ist im Duell mit seinem französischen Rivalen tödlich verletzt worden. Auch der General und Bonapart reihen sich in die Schlange der Neugierigen ein, die sich auf der Straße vor dem Haus des Dichters gebildet hat und auf Nachrichten über dessen Zustand wartet. Der General versucht vergebens, die Erlaubnis zu erwirken, hineinzugehen und an Puschkins Bett zu treten. Er wiederholt immer wieder, er sei der General Gagarin und habe den Dichter als letzter gegrüßt, aber niemand hat Zeit, ihm zuzuhören.

In einem unbeobachteten Moment überwindet Bonapart alle Hindernisse und gelangt in den Palast. Der General sieht mit Befriedigung, daß es wenigstens ihm gelungen ist, den Kreis derer zu durchbrechen, die ihn daran hindern, an Puschkins Bett zu eilen. Aber die Befriedigung dauert nur wenige Minuten. Den Hund am Nacken gepackt, erscheint der Portier unter der Tür und schleudert ihn über die Köpfe der Neugierigen hinweg auf die Straße. Der General entfernt sich daraufhin von dieser weinenden Menge, gefolgt von seinem Hund. Lange gehen sie schweigend, dann fragt der General mit zitternder Stimme: »Hast du ihn gesehen?« Der Hund bejaht mit einem Kopfnicken.

»Im Schlafzimmer?«

»Nein. Im Arbeitszimmer. Er liegt auf dem Diwan.«

»Tak.«

»Sie legen ihm Eisbeutel auf und geben ihm Baldrian.«

»Tak.«

»Er hat nach *moroschka* verlangt.«

»Tak.«

»Danach haben sie mich am Nacken gepackt und auf die Straße geworfen.«

Sie gehen eine Weile schweigend. Brot- und Milchverkäufer gehen an ihnen vorbei. An der Ecke steht die Alte, die *moroschka* aus Narianmar verkauft. Die Früchte sehen Erdbeeren und Brombeeren ähnlich, sind gelblich und ein wenig haarig. Der General kauft eine und schenkt sie dem Hund. Sie gehen weiter bis zum Wehr. In diesem Moment kommen die Hunde von Petersburg aus den Palästen und aus den Hütten der Eisblockschneider. Sie laufen eng an die Mauern gedrängt. Sogar die afghanischen Windhunde des exilierten georgischen Prinzen sind dabei. Bonapart begleitet den General nach

Hause und wartet, bis er auf dem Diwan liegt, dann rennt er zum Fluß und mischt sich in das Rudel der revoltierenden Hunde auf der gefrorenen Neva. Die ganze Stadt ist so mit dem Tode Puschkins beschäftigt, daß niemand dem großen, schwarzen, pelzigen Schatten Beachtung schenkt, der sich dunkel über das Funkeln des Eises legt.

SECHSTES KAPITEL

*In Batumi erwartet mich mein Freund, der Regisseur Agad-
schanian, mit dem ich im Bus nach Tiflis fahre. Er führt mich
zu den Thermalbädern, die früher Lermontov und andere
große russische Schriftsteller besucht haben.*

Wir fahren in den Hafen von Novorossisk ein, wo der Cham-
pagner der Marke Abrau Dersu eingeschifft wird. Wir versuchen, an Land zu gehen, aber ein heftiger Sturm macht es
uns unmöglich, die Augen zu öffnen. Wir kehren auf die »Admiral« zurück und werfen uns auf unsere Liegen. Den ganzen
Tag kratzt der Wind wie Schmirgelpapier an dem Schiff.
Nachts habe ich Zahnschmerzen. Aus irgendwelchen Gründen schlafen auch die kirgisischen Bauern nicht. Ich glaube,
das hängt mit dem Sturm zusammen, der uns den ganzen Tag
zugesetzt hat. Bei Morgengrauen schaue ich aus dem Bullauge. Im Meer haben sich weiße Wolken gebildet, groß wie
Eisberge, die auf dem Wasser schwimmend auf uns zutreiben.
Unwillkürlich denke ich an die Katastrophe der »Titanic«. Die
»Admiral Nakimov« bewegt sich auf diese Berge aus Eis zu.
Möglich, daß sie sie nicht gesehen haben? Auf einmal lichten
sich die Haufen, Kriegsschiffe werden dahinter erkennbar, die
exerzieren, sich hinter dichten Rauchvorhängen zu tarnen.

Wir sind in Batumi, dem Städtchen des lauen Regens, wie
Mandelstam schrieb. Hier steht die Statue von Lenin, die von
allen Statuen der Welt den längsten Arm hat. Der Arm ist
nach vorne ausgestreckt und zeigt auf die Berge der Türkei.
Unter dieser Statue habe ich mich mit Agadschanian verabre-
det. Während ich warte, wechsle ich ein paar Worte mit einem
alten Bewohner von Batumi, der dort auf einer Bank sitzt. Er
erzählt mir über die Grenze zur Türkei. Er sagt, in einer Ge-

gend in den Bergen gebe es einen kleinen Fluß, der die Grenze bilde zwischen Georgien und einem zur Türkei gehörenden Gebiet, dessen Bevölkerung aber georgischer Abstammung sei. Der Fluß sei keine zehn Meter breit. Es gebe viele Verwandtschaften, die durch den Fluß getrennt seien. Da es verboten sei, Nachrichten auszutauschen, geschweige denn, den Fluß zu überqueren, teilten sich die Familien die Trauerfälle und die freudigen Ereignisse in Liedern mit. Ein sehr altes Geschwisterpaar, ein Mann und eine Frau, die alleine geblieben waren, stellten sich jeden Morgen auf die höchste Stelle des Ufers und schauten zum andern hinüber. Manchmal trage der Wind ihm oder ihr kleine Strohhälmchen oder getrocknete Blätter zu, die der andere zuvor in den Händen gehalten hatte.

Endlich erscheint Suren Agadschanian am Steuer eines alten Busses ohne Scheibenwischer, den er sich von einem Filmstudio ausgeliehen hat. Untersetzt, den Magen vorgewölbt, weite, eine Idee zu kurze Hosen, ein weites, am Kragen eingekräuseltes Hemd um den kurzen Hals, an dem schweißnaß die Haare kleben, schöne Hände mit dicken Fingern, die es verstehen, Ringe, Blätter oder Blumen zu flüchtigen Dekorationen zu arrangieren. In der Hand ein Taschentuch, das er an jedem Brunnen naß macht, um es feucht auf Stirn oder Nacken zu legen. Oft barfuß, wenn er im Innern der Häuser umhergeht oder sich mit der Verehrung des Muselmanen einer Adligen nähert. Sucher und Sammler antiker Dinge, die er an Freunde weiterverkauft. Ein armenischer Regisseur, auch ein guter, bleibt doch immer ein Orientale mit einer Liebe zum Handel. Er sucht überall nach den letzten Nachfahren jener Adelsschicht, die die Revolution in alte Stadt- oder Landhäuser verstreut hat. Mit diesen Relikten aus der Vergangenheit führt Agadschanian lange Gespräche und oft gelingt es ihm, Tauschgeschäfte einzuleiten und einen wertvollen Gegenstand oder ein besonderes Möbelstück mit nach Hause zu bringen. Meistens aber beschränkt er sich darauf, mit einer Polaroid all das zu photographieren, was er für die Errichtung seines »Nichtexistierenden Museums« für wichtig hält.

Sein erstes Anliegen ist, daß ich zu rauchen aufhöre. Er hält den Bus in einem Gäßchen von Batumi an, klopft an eine kleine Tür, in der eine Frau erscheint und sagt, Nikolaij sei noch nicht wieder zurückgekommen. Hinter ihr taucht eine Alte auf, die uns fragt: »Wer seid ihr?«

»Freunde von Nikolaij«, antwortet Agadschanian.

»Und wer bin ich?« fragt die Alte.

»Die Mutter von Nikolaij«, reagiert Agadschanian sofort, der diese Verstörte seit langem kennt.

Die dicke Frau zieht die Alte ins Haus hinein, ein Hund beißt sich an meiner Hose fest, und die Herrin muß mich aus seinem Biß befreien. Kurze Zeit später kommt eine verbeulte Zigulì angefahren. Ein großgewachsener, gut gekleideter Mann mit Kinnbart und breitkrempigem Abenteurerhut steigt aus. Es ist Nikolaij. Er bittet uns, Platz zu nehmen in dem einzigen Raum, der fast vollständig mit Möbeln ausgefüllt ist und in dem sich außer uns auch die zwei Frauen und der Hund auf dem Diwan niedergelassen haben. Zum Glück gibt es noch einen Platz unter der Treppe, auf dem der Stuhl für die Hypnose schon bereitsteht. Nikolaij fordert mich auf, mich dorthin zu setzen, er bleibt hinter mir stehen und legt mir seine Hände auf den Kopf. Nach ein paar Minuten beugt er sich über mich und sagt mit flüsternder, fast klagender und doch autoritärer Stimme:

»Du darfst nicht rauchen. Verstehst du? Es schadet deiner Gesundheit.«

Er entfernt sich und gibt damit zu verstehen, daß die Arbeit getan sei. Agadschanian zahlt zwei Rubel und wir verlassen das Haus. Wir gehen zum Bus zurück und schütten uns aus vor Lachen, die Ellbogen auf die Kotflügel gestützt.

Mit zwei Taschen voller Lebensmittel machen wir uns auf einem kurvigen Bergsträßchen auf den Weg. Als ich mir eine Zigarette in den Mund stecken will, empfinde ich Abscheu. Während der ganzen Reise nach Tiflis und während der gesamten Dauer des Aufenthalts in Georgien bleibt das so. Tiflis ist warmherzig, von der ersten Begegnung an fühlst du dich nicht mehr einsam. Agadschanians Wohnung öffnet sich auf einen Innenhof mit unzähligen Treppen und einer langen Holzveranda mit bemaltem Geländer. Zwei Zimmer, übervoll mit Gegenständen, Bildern, Geweihen, Collagen, Ikonen, ein schmales, mit glänzendem grünen Seidenstoff bedecktes Bett. Von einer auf die Außenwand gehefteten Frauengestalt aus Stoffstreifen, in deren Arm ein Spiegel steckt, geht in dem Gewirr von Fäden und Kordeln etwas Heiliges aus. Unter dem Kommen und Gehen der Besucher knarren und ächzen die langen Treppen, die zu dem wasserlosen runden Brunnen im Innenhof führen, in dem eine kaputte Puppe liegt. Agadschanian öffnet eine schwarze Truhe und überreicht den Frauen und Freunden Hüte alter Machart. Mir zeigt er antike Stoffe und Wandteppiche, die in einer anderen Truhe verwahrt sind. Dann streut er Rosen über diese auf dem Boden ausgebreiteten Stoffe und tritt befriedigt auf den Balkon hinaus. Schließlich sind wir allein: Auf zwei Hockern sitzend, die Ellbogen auf das Geländer gestützt, betrachten wir den Nußbaum, dessen Krone bis in das dritte Stockwerk hinaufragt. Agadschanian beginnt, mit einem langen Stock an den oberen Ästen zu rütteln, und ein Junge rennt in den Innenhof und sammelt die herabfallenden Nüsse auf. Wir essen sie und trinken dazu Tee aus alten ukrainischen Tassen.

»In diesem Haus hat einmal Majakovskij logiert«, sagt er zu mir und dreht sich dabei gegen die Innenräume. »Mein Vater liebte das Geld und das schöne Leben. Er vermietete Zimmer an Kurden oder Leute anderer Herkunft. Jetzt, wo mein

Vater und meine Mutter nicht mehr leben, leben diese Menschen weiter hier. Sie halten sich für die Herren des Hauses: Sie machen die zur Instandhaltung nötigen Arbeiten, wechseln Türen und Fenster aus. In Wirklichkeit hat das Haus keinen Besitzer. Ich war noch ein Kind, als die Weihnachtsbäume verboten wurden. Trotz allem waren wir eine glückliche Familie. Mein Vater las damals die Zeitung gewöhnlich im Liegen und stützte seinen Kopf an die Wand neben dem Ofen. An der Stelle entstand ein fettiger Fleck. Nachdem er gestorben war, habe ich, da dieser Fleck meine Mutter zu schmerzlich an ihn erinnerte, ein Stück Tapete darübergeklebt. Als wir in der Silversternacht den Ofen heizten, wurde der Fleck wieder sichtbar. »Papà ist gekommen, um mich abzuholen«, rief meine Mutter aus. Kurze Zeit später ist sie gestorben und hat die Kleider, die sie zur Verlobung getragen, die Briefe, die ihr mein Vater aus Erzerum geschrieben und auch das Leintuch, das bewies, daß sie eine jungfräuliche Braut gewesen war, zurückgelassen. Ein Brauch, ein Ehrempfinden, das sich bis heute erhalten hat. Sie hatte es bis zu diesem Tag niemandem gezeigt; erst nach ihrem Tod haben wir es gefunden.«

Der von der Hitze des Tages aufgewirbelte Staub ist heute Nacht von der Feuchtigkeit aufgesogen worden. Reine Luft weht durch den Korridor und zur Tür des Schlafzimmers herein, das mir die Schwester von Agadschanian überlassen hat. Gegen zehn Uhr gehen wir in die warmen Bäder von Tiflis, die früher auch Puschkin und Lermontov besucht haben. Agadschanian übergibt mich Garegin, einem ungefähr fünfzigjährigen Georgier, der die Kunden wäscht als wären sie Steine. Der kleine Baderaum ist ausgerüstet mit einem Luftschacht in der Mitte der Kuppel und zwei steinernen Ruhebänken an der Wand. Daneben prasselt aus einer rudimentären Dusche ein von Schwefel körniges Wasser herab, das an flüssigen Vogelkot erinnert. Einzig der unablässig vom Wasser bespülte Fußboden ist mit Fliesen ausgelegt, an deren Rändern sich noch ein Rest roter Farbe gehalten hat, der Rest ist aus Zement. Garegin zieht das Tuch aus, das ihm wie eine Schürze die Beine bedeckt, und hängt es an seinen Haken. Er ist nackt, ein muskulöser Bauernkörper mit mehreren unschönen Falten unter dem massigen Fleisch. Ich betrachte ihn verstohlen, während er die Tür abriegelt. Für einen Augenblick befällt mich die Angst, einem Triebtäter ausgeliefert zu sein. Um mich zu beruhigen, zieht er sich eine blaue Plastikbadehose über. In seinen Gesten kommt eine barbarische, elementare Kraft zum Ausdruck. Es besteht einzig die Gefahr, daß er mir etwas bricht. Ich lasse alles resigniert, aber mit hellwacher Aufmerksamkeit über mich ergehen. Ich fürchte, meine Leberflecke werden wie Zündholzköpfe abspringen. Sein Handwerkszeug besteht aus einem Stück Seife, das er in einem langen Waschhandschuh aus abgeschabtem Frottierstoff verschwinden läßt, den er anschließend mit Wasser füllt. Dann bläst er in den Beutel, bis der sich zu einem ovalen Luftballon aufbläht, dessen Mundstück er fest zusammenhält. Nun streift er mit der Hand nach unten, wobei die Luft entweicht und eine Wolke Schaum auf meinen Rücken tropft. Davor hatte er mich allerdings mit einem groben Waschlappen kräftig bearbeitet, was meine Leberflecken und andere Unebenheiten auf meinem Rücken gehörig strapazierte. Mit Hilfe des Schaums kann er jetzt, an meinen Fesseln beginnend, die Finger mit festem Druck in Richtung Knie streichen und auf diese Weise das Blut meinem Herzen zuführen. Dieselbe Prozedur mit den Armen. Zuletzt seift er mir mit kraftvollem Druck seiner klobigen Finger den Kopf ein. Währenddessen stößt er immer wieder gurgelnde Laute aus, die seine Anstrengung unterstreichen. Dazwischen gibt er mir mimisch zu verstehen, welche Position ich einnehmen soll. Dann zieht er die Badehose aus, bindet sich sein Lendentuch wieder um und verpaßt mir abschließend mit Kübeln voll Wasser eine großzügige Dusche. Mit dem Eimer und der Schüssel in der Hand sieht er mich fragend an: »Charaschò?« »Charaschò«, antworte ich. Unter dem Wasserschleier, der unaufhörlich über meinen Körper herabrinnt, erkenne ich rote Flecken von Blut, das Ergebnis des heftigen Scheuerns.

Nach dem Bad trinke ich heißen Tee in Gesellschaft von Agadschanian, der immer noch in dem kleinen tartarischen Lokal wartet. Arabische Musik zwischen dem gekräuselten Schläfenhaar des Kellners. Milchpfützen, von einem lecken Gefäß auf dem erdigen Platz hinterlassen. Wir gehen durch die Straßen des alten Tiflis, die wie kaum ausgetrocknete, glitschige Wildbäche den modernen, großen Hauptstraßen entgegenstürzen. Die Stämme uralter Akazien auf den engen Gehwegen wachsen empor aus einem Gewucher von Schwellungen. Die Äste reichen hinauf zu blauen und cremefarbenen Fenstern oder Terrassen, an deren Brüstung Genesende lehnen und im Schlafanzug die Kühle genießen. Einer, der auf halber Höhe der Kipianistraße wohnt, sitzt über Monate hinweg wie in einem Käfig zwischen dem Eisengeländer seines alten Balkons. In größeren Abständen verläßt er das Haus und sammelt Flaschen ein, die er gegen einen halben Liter Vodka eintauscht. Die sechs Söhne im Haus, jung und sehr schön, haben wegen verschiedener Schwächen schon mit dem Gefängnis Bekanntschaft gemacht. Einer von ihnen hat eben zehn Jahre Zuchthaus hinter sich wegen Vergewaltigung einer russischen Touristin. Der Vater sitzt mit breitkrempigem Hut auf dem Kopf bewegungslos da und beobachtet den wenigen Verkehr. Es geht das Gerücht, jemand habe ihm tausend Rubel und die eigene Frau für ein Schäferstündchen angeboten, um sicher zu gehen, daß er einen wohlgestalteten Sohn haben werde. Aber die Frau des schweigsamen Verführers auf dem Balkon weigert sich, den

Körper ihres Mannes zu verkaufen, der ihr nachts verzeh-
rende Genüsse schenkt.

Wir gehen durch das alte Viertel mit den schiefen hölzer-
nen Balkonen, die fast bis zur Hälfte die Straße überdachen.
In dem Gäßchen Tschakrukadse zeigt Agadschanian auf den
Schatten eines langen Balkons.

»Wenn es regnet, stehen alle Hunde hier unter«, erzählt er
mir. »Wenn ich sterbe, möchte ich, daß es regnet und meine
Bahre zwischen den streunenden Hunden genau an dieser
Stelle steht.« Dabei zeigt er auf einen Streifen holprigen
Kopfsteinpflasters unter dem Balkon.

Vom Ende der Straße aus schauen wir auf die Unterstadt,
die sich am linken Ufer des Flusses Kurà ausdehnt bis zu Vierteln mit neuen, stattlichen Häusern. Der Prospekt Rustaweli
mit seinen Theatern, Museen und Hotels ist sehr belebt. Fas-
zinierende Frauen wechseln müde Blicke mit ihren Spiegelbil-
dern in den Schaufenstern. Männer gehen geschäftig und
zielsicher, ohne sich abzulenken, ihres Wegs. Dort unten ist
alles viel solider, auch die alten Gebäude aus Holz sind reno-
viert. Hoffentlich fällt der Zauber, den die alten Viertel in den
Hügeln in ihrem moribunden Zustand ausstrahlen, nicht so
schnell diesem Renovierungseifer zum Opfer.

Mehrere Tage lang derselbe Ablauf: warme Bäder und Spaziergänge in den alten Vierteln, um zu schauen, ob unter diesen baufälligen Konstruktionen nicht vielleicht die hölzernen
Kathedralen der Mönche zu finden wären. Innenhöfe, um-
ringt von sich schichtweise überlagernden Holzhäusern, Haufen trockenen Schmutzes auf Wellblechdächern über Treppen
und Durchgängen. Mit Schnitzwerk geschmückte Geländer
zieren die letzten Balkone. Antike Anmut, begraben unter
herbstlichen Blätterhaufen. Ein Ort der Seele, dieses Tiflis,
voll freudigen, freundlichen Lebens. Ich bleibe stehen vor
einer kleinen rosa Tür, über der eine nackte Glühbirne unter

einem kleinen, eisernen Vordach hängt. Ich entdecke das Rosa wieder, ein Rosa von Puppenkörpern, das man mehrere Male von Hand aufgetragen und dann in der Sonne hat trocknen lassen, damit es einen bräunlichen Stich bekäme. Eine ungewöhnliche Farbe für eine Tür, das steht fest. Gerade dieses Fehl-am-Platz-Sein macht mir klar, daß es für das Rosa gute Möglichkeiten der Verwendung gibt. Es ist, in einem Wort, ein männliches Rosa. Wie alle anderen Türen in der Straße befindet sich auch diese Tür bis zur Höhe der Klinke unter dem Straßenspiegel. Agadschanian erinnert sich, daß die unter dem Asphalt begrabenen Steine denselben Rosaton hatten wie diese Tür, und daß er damals, als sie mit Teer zugeschüttet wurden, gekommen war und am Rand der Straße gestanden hatte, neben den geschäftigen Arbeitern und der Walze, die den Asphalt auf der Straße plattwalzte, um jeden einzelnen Stein zu verabschieden.

Eines Nachmittags macht Agadschanian eine kleine Tür auf, wir gehen die Wendeltreppe hinauf und befinden uns in einer Art gestrandetem Ozeankreuzer. Terrassen und schmale Treppen bis unter den Dachboden, wo eine alte Baronin wohnt, früher Schauspielerin und Sängerin. Ein verängstigtes Gesicht, von tiefen Falten durchfurcht, in die der wehmütige Schmerz um den verlorenen Glanz sich eingegraben hat, nimmt uns in Empfang. Der Hals bedeckt von einem hauchdünnen Schal, darunter ein leichter Pullover, der an den Bündchen von Motten zerfressen ist, und eine blaue Gymnastikhose. Wir sitzen um einen Tisch, über den ein weißes Tuch gebreitet ist. Daneben eine aufgeschlagene Partitur auf der Notenablage des Klaviers. Die Seiten werden von zwei langen Kerzen festgehalten, die sich mit den Jahren so gebogen haben, daß sie für diese Aufgabe wie geschaffen sind. Agadschanian bittet die Dame, ein Gedicht vorzutragen. Sie befriedigt unseren Wunsch und deklamiert ein Gedicht von Bunin.

Nachdem sie mit geschlossenen Augen die Komplimente entgegengenommen hat, verschwindet sie nebenan in der Küche, um ihre Rührung zu verbergen.

SIEBTES KAPITEL

Agadschanian und ich beginnen, den Wolken nachzulaufen, damit ich im lauen Regen Georgiens die Gestalten meiner Geschichte wiedersehen kann.

Seit einiger Zeit ließen mich der General und sein Adjutantenhund in Frieden. Aber in meinem Innern entwickelte sich ihre Geschichte nicht weiter. Ab und zu schrieb ich kleine Einfälle auf ein Blatt Papier oder auch auf die Rückseite von Briefen, die ich wer weiß wann und von wem erhalten hatte und seit wer weiß wie lange schon in meinen Jackentaschen mit mir herumtrug. Ich glaubte allerdings nicht mehr blind an meine Phantasie. Ich hoffte vor allem auf die Wunder des lauen Regens.

Daher haben Agadschanian und ich angefangen, dem lauen Regen hinterherzulaufen, den man uns mal in dieser, mal in einer anderern Gegend im näheren Umkreis von Tiflis voraussagte. Wir schlafen, in Decken gewickelt, im Bus und fahren den Wolken nach. Oft wagen sich ganze Gänseherden über die Straße. Auch Schweine und Kühe laufen auf dem Asphalt. Während der Zeit, in der man sie zum Weiden frei herumlaufen läßt, was mehrere Tage dauern kann, bevorzugen die Tiere die befahrenen Straßen, denn auf den Hauptverkehrswegen, weitab von Häusern und Weiden, gibt es deutlich weniger Mücken und andere lästige Insekten, weshalb sie sehr viel weniger mit den Ohren zucken und mit dem Schwanz um sich schlagen müssen, um sie zu vertreiben. Wir durchqueren die Stadt Rustawi, deren Bäume schwarze Blätter tragen, und wo sich der Ruß aus den pausenlos brennenden Hochöfen und Schornsteinen schichtenweise auf den solide gebauten modernen Gebäuden absetzt. Die am hellen Tag erleuchteten Lichtreklamen der Kinos bieten der Trostlosigkeit der Frauen brillante Komödien, während die Männer sich in den Wirtshäusern drängen und auf dem Nachhauseweg gegenseitig unterhaken, damit ihr schwankender Gang weniger auffalle. Endlich sind wir wieder auf dem freien Land mit seinen endlosen Maisfeldern und Gemüsepflanzungen. Wir halten am Straßenrand und bahnen uns einen Weg durch die zwei Meter hohen Rohre eines riesigen Schilfrohrbusches, die mit ihren abblätternden Rinden aussehen wie lange, in der Erde steckende, sich häutende Schlangen. Wir suchen die Quelle der *Drei Schwestern*, die so heißt, weil drei Eisenrohre aus der Erde ragen, aus denen drei verschiedene heilende Mineralwässer an die Oberfläche sprudeln. Der Boden ist weich und bedeckt mit glänzenden, rutschigen Blättern. Trockene Luft steigt von unten her auf und umgibt die vereinzelt stehenden, wie versteinert starren Rohre. Wir sind an eine Stelle gelangt, von der aus man, in einer Entfernung von wenigen Kilometern in Luftlinie, ein riesiges, rundes Teleskop sehen kann. Dieses Riesenohr wartet darauf, das Geräusch des Urknalls einzufangen, durch den das Universum entstand.

Agadschanian zerbröselt ein Blatt zwischen den Fingern, wie um eine Verbindung herzustellen zwischen diesem zarten Knistern und dem Geräusch, das alles geschaffen hat.

»Vielleicht ist es so ein schwaches Knistern«, sagt er und streckt sich auf dem trockenen Boden aus. »Irgendwo habe ich gelesen, daß sich an einem bestimmten Punkt die Ausdehnung des Universums in eine Kontraktion verwandeln könnte, so daß alle Himmelskörper wieder diesen einzigen, geheimnisvollen Punkt im All bilden würden, der möglicherweise per Zufall explodiert ist. Ich meine, wenn jenes Geräusch käme in dem Moment, in dem ich ein vertrocknetes Blatt zerreibe, hätte ich die Raumzeit aufgehoben. Alles wäre auf den Bruchteil einer Sekunde zusammengedrängt: die

Schreie der Höhlenmenschen und davor die heiseren Lockrufe der Dinosaurier, Dantes Stimme und das Wiegenlied von Brahms, das mir seit zwanzig Jahren im Kopf herumgeht, bis hin zu den letzten Wörtern, die wir miteinander gewechselt haben.«

»Nach solchen Überlegungen hat man das Gefühl, schon tot zu sein.«

»Im Gegenteil. Ich wäre zum Beispiel sehr gerne auf dem Montmartre und würde Kinder beobachten, die einem französischen Maler hinterherlaufen, der sich von klein auf zur Kunst hingezogen fühlte. Ich bin immer jemandem hinterhergelaufen, mein ganzes Leben lang. Maler und Photographen haben mich besonders fasziniert. Ich habe zugesehen, wie sie die Toten photographierten, sie auf den Stuhl setzten und ihnen mit Streichhölzern die Augenlider offenhielten, damit sie lebendiger aussähen.«

»Ich möchte auf jeden Fall hier sein, wo ich jetzt bin, ausgestreckt auf trockenen Blättern«, sage ich etwas schläfrig, aber auf verzweifelte Weise überzeugt. »Frei von der Vergangenheit, die hinter mir liegt, und auch ohne diese – sagen wir – Zukunft, die mich erwartet. Etwas Grundsätzliches muß falsch laufen bei dieser Menschheit, die dazu verdammt ist, immer dieselben Gesten zu wiederholen und gegen das Chaos anzukämpfen. Wahrscheinlich sollte die Unordnung höher geachtet werden. Wenn meine Tochter seit zehn Jahren nicht mehr mit mir spricht, so verlangt sie möglicherweise von mir eine Unordnung, die ich weder bieten noch verstehen kann. Andererseits ist das Universum Ordnung, wenn es dieses einzige Geräusch aufbewahren kann, von dem es gezeugt wurde.«

Agadschanian läßt mich kurze Zeit allein und kommt mit jungen, eben von der Pflanze gebrochenen Maiskolben zurück. Wir erhitzen Wasser im Aluminiumtopf, in dem wir auch Tee kochen. »Das einzig wahre Essen ist das arme Essen«, sagt er, »Kartoffeln, Kastanien, Knoblauch, Zwiebeln, Kräuter. Wenn du Fasan ißt, dann ißt du Fasan und weiter nichts: die Einbildungskraft setzt sich dabei nicht in Bewegung.«

Wir kommen in den Wald und folgen kaum erkennbaren Wegen. Da und dort fallen von den großen, wildwachsenden Birnbäumen reife, kleine, zuckersüße Früchte ab. Wir sind nicht die einzigen, die sie aufsammeln. Die tagelang umherziehenden Kühe fressen sie auch, oft ganz in unserer Nähe. Als wir zu einem freien Platz mit hohem, verdorrtem Gras kommen, steht die Hütte, in der sich die Quelle der *Drei Schwestern* befindet, vor uns. Das Heilwasser wird entweder getrunken so wie es ist, oder es wird für warme Bäder in den mit alten türkischen Fliesen ausgelegten Becken erhitzt.

Wir warten, bis die Bauernfamilie, die aus einem abgelegenen Dorf gekommen war, in aller Ruhe gebadet hat. Es war eine Gruppe von Alten und Kindern, wahrscheinlich Verwandte, zumindest aber durch ein langes Zusammenleben Vertraute. Einer kümmerte sich um das Feuer unter dem großen gußeisernen Kessel, der zum Erwärmen des Wassers bereitstand. Die anderen kamen und gingen mit Eimern und Kochtöpfen, brachten aus dem Innern der Hütte frisches Wasser und kehrten mit warmem wieder dorthin zurück. Als schließlich alle Behälter in Taschen verstaut und die Familie angezogen und bereit war, den Rückweg ins Dorf anzutreten, machten wir uns daran, das Feuer mit trockenen Zweigen, die dort auf einem Haufen lagen, wieder anzufachen. Die Bauern liehen uns ihre Behälter für das Umschöpfen des Wassers. Sie setzten sich unter einen großen Nußbaum, aßen *catschapuri* und mit Nußsoße gewürzte Auberginen und warteten. Gegen Abend traten wir gemeinsam den Rückweg an. Plötzlich hallt ein herzzerreißendes Muhen durch den Wald ringsum. Die

Kühe hatten Schmerzen wegen ihrer vollen Euter, deren zu süße Milch niemand melken wollte. Zu Mitleid gerührt, gingen die alten Bäuerinnen, die Euter zu leeren. Das klagende Muhen hörte auf, und wir gingen weiter. An der Wegscheide auf halber Höhe trennten wir uns. Wir verabschiedeten uns mit einem einfachen Händedruck, der die Wärme eines endgültigen Abschieds hatte.

Das Gewitter, das uns in Zugidi überraschte, kündigte schon den Herbst an und ließ die Nüsse über den Asphalt des Prospekt Rustaweli rollen. Wir beschließen, an die noch sonnenwarmen Schwarzmeerstrände aufzubrechen. Wir machen Halt an der Strandpromenade von Suchumi. Kleine Wolken, regenschwer, ziehen am windstillen Himmel vorüber. Wahrscheinlich trieben Luftströme in der Höhe sie vor sich her. Der kleine Kieselstrand vor uns bedeckt von Hunderten nebeneinander stehender Parkbänke, einer Art hölzernem Gitter. Wir halten das Auto an und steigen aus, um zwischen diesen Hölzern, die an das riesige Oberdeck eines Schiffes erinnerten, umherzugehen. Wie eine magische Erscheinung taucht ein junger Mann auf. Zunächst ein kaum wahrnehmbarer dunkler Schatten im Gegenlicht, ein vom Licht aufgezehrter Schatten, der auch eine zwischen den Bänken umherziehende matte Staubwolke hätte sein können. Dann in Abständen als Gestalt zu erkennen, Gesicht, Körper. Er ging gemächlich, mühelos durch die engen Zwischenräume der Bänke. Lächelnd stand er plötzlich vor uns, hockte sich auf den Boden, faltete seinen Oberkörper zusammen. Lila T-Shirt und Bluejeans lokaler Fabrikation, weit an den Schenkeln, eng anliegend an den Fesseln, die nackt und braungebrannt darunter hervorkamen. Agadschanian dreht sich zum Meer hin, verweigert sich dem Glücksgefühl dieser Begegnung, die vielleicht ein Trugbild war. Später, als er den Jungen befragte, sammelte er Kiesel vom Strand auf und ordnete sie zu ansprechenden, geschmackvollen Mustern auf den Holzlatten der Bänke vor ihm. David, so hieß der junge Mann, war der Wächter über die Bänke. Gerade zu Ende der Badesaison gab es Leute, die aus ihnen Kleinholz machen, um damit zu heizen oder die ersten Kastanien zu rösten. Um den Jungen, den Agadschanians neugierige Blicke schon irritieren, nicht weiter zu stören, setzen wir uns ein wenig abseits und unterhalten uns. Als wir zurückkehren, liegt er schlafend auf einer der vielen alten Bänke. Ich lasse Agadschanian allein, er steht schweigend auf seiner Bank am Wasser. Die Sonne ging unter, und Agadschanians Schatten legte sich ganz langsam über den Körper des Jungen.

In der Zwischenzeit waren die Wolken nach Norden gezogen, und wir nehmen unsere Verfolgungsjagd wieder auf. Die Küstenstraße ist beschattet von großen Eukalyptusbäumen, die mit ihrem enormen Wasserbedarf die letzten Sumpfgebiete austrocknen. Dann sind wir in Lizava, dem der Glanz der Badesaison schon abhanden gekommen ist. Dünnflüssige Exkremente von Schweinen, die strohigen Fladen der Kühe, die am breiten Strand umherirren, am Horizont eine ins Meer abfallende Hügelkette. Wenige, vereinzelte Menschen in der Sonne, in Unterwäsche wie auf Photographien aus dem achtzehnten Jahrhundert, mit nacktem Oberkörper auf den Steinen liegend oder zusammengerollt im Schatten von über Stöcken aufgespannten Hemden. Haufenweise Schalen von Wassermelonen, Scherben, Papier, zersplitterte Hölzer und mittendrin die öffentliche Toilette, in einer Wolke von Gestank und Fliegen. Der Straße zu ein Maschendrahtzaun, gegen den die dummen Ziegen ihre Köpfe stoßen, davor Barakken, in denen Aserbeidschaner mit goldüberkronten Zähnen Knoblauch kauen. Hinter der Halle, in der Fische eingedost werden, die mit einem Metallgitter eingezäunte städtische

Grünanlage mit ihren vier angerosteten Schaukeln, die Alten und Kindern ein bescheidenes Vergnügen bieten. Ein Windstoß weht die Meeresgeräusche über den Strand, wo sie von den Ritzen zwischen den Kieseln aufgeschluckt werden. Mir ist, als entdecke ich nicht Orte, die ich nicht kannte, sondern besichtige die Zeit. Ich finde mich in einem Klima wie um 1910 wieder. Eben deshalb ist mir, als sei ich schon hier gewesen. Eine Zeit, auch eine, die man selbst nicht gelebt hat, lernt man besser kennen an einem nie vorher gesehenen Strand. Im Pinienhain stehen prächtige Datschen georgischer Schriftsteller neben verlassenen, windschiefen Holzhütten. Vor den mauerhohen Hecken der komfortablen Datscha der Zentralregierung ein wackliges Gittertor. An ihren fast immer menschenleeren Privatstrand flüchtet sich die Möwen vor dem Lärm des Ferienvolkes. Mitten zwischen diesen Möwen landete der Hubschrauber, der Chruschtschow am Tage seiner Amtsenthebung abholte.

Neben einem älteren, mit der Erschöpfung des Betrunkenen lang hingestreckten Mann saß ein junger namens Muschek auf den Kieseln des Strandes. Er sprach dem Bruder, dem nach vier Jahren im Gefängnis dieses Leben der nutzlosen Freiheit unerträglich war, Mut zu. Der Bruder hatte sich betrunken, um Frau, Kinder und Verwandte zu vergessen und träumte von einem Wiedersehen mit seinen Freunden im Gefängnis, auch um den Preis eines Mordes. Als Muschek uns mühsam über die Steine gehen sah, lief er eine Weile hinter uns her, froh um die Ablenkung, die es ihm ermöglichte, einer Situation zu entfliehen, in die er aus Liebe zu seinem Bruder geraten war. Kaum hatte er gemerkt, daß wir ein Lokal suchten, bot er sich an, uns zum Wirtshaus *Zu den Brüdern* zu führen. Auf diese Weise erfuhren wir, daß er Armenier ist und als Lastwagenfahrer arbeitet. Er hoffte, der alten Großmutter eine Flasche Wasser aus Eriwan bringen zu können, denn sie war, als sie eine Schwester in der Ukraine besuchte, dort gestorben. Vor ihrem Tod hatte sie ihn um das Wasser gebeten. Er würde es in wenigen Tagen über der Erde ausgießen, unter der seine Großmutter begraben lag. Wir aßen Polenta, Rauchfleisch und Bohnen und tranken Minzwasser. Als Muschek bezahlen will und feststellt, daß Agadschanian ihm zuvorgekommen war, bleibt er in einiger Entfernung vom Tisch stehen und sagt mit Schmerz in der Stimme: »Ihr hättet mich nicht auch heute dürfen spüren lassen, daß ich Lastwagenfahrer bin!«

Auf dem Weg in das Tal des Kurà, das wegen seiner Mineralwässer berühmt ist, durchqueren wir Mangrelien. Meine Bemühungen um die Geschichte des Generals hatte ich denen um meine Gesundheit hintangestellt. Pickel und Hautrötungen waren weniger geworden oder ganz verschwunden. Wir fahren durch weithin sich erstreckende Teepflanzungen. Agadschanian nimmt die Gelegenheit wahr und stattet der Prinzessin Tschavadse einen Besuch ab, die in einem baufälligen, aber außergewöhnlich suggestiven Palast wohnt. Ihr Ururgroßvater war der berühmte Prinz Giorgi Tschavadse. Er ließ bei seinen Spaziergängen einen Jungen an einem Stock befestigte silberne Ikonen vor sich hertragen, welche die Luft von unreinen Mikroben reinigen sollten. Ein großes Jugendstilgebäude, dessen Eingangstür nur mehr aus locker miteinander verbundenen Holzlatten besteht, keine Glasscheiben, viel Dreck und Staub. Vor den Fenstern und Balkonen gußeiserne Geländer bis hinauf zu der kleinen, verrosteten, wie ein leerer Blechnapf tönenden Kuppel. Bald wird der letzte Rest des Eisens zu Staub zerfallen, jeder Regentropfen das zarte Gespinst durchlöchern. Die Prinzessin Tschavadse empfängt uns in der Küche. Sie steht am Fenster und kehrt uns, in der deutlichen Absicht, uns vom ersten Augenblick mit einem Anschein von Macht entgegenzutreten, den Rücken zu. Sie dreht sich zu uns um, zeigt uns ihr hohes Alter verborgen in einem schmutzigen, mit Stolz getragenen Kleid. An dem um die Hüfte geschnürten Stoffgürtel hängt ein großer Schlüsselbund, wahrscheinlich die Schlüssel sämtlicher Zimmer des halb zerfallenen Palastes. Sie bewohnt nur zwei kleine Zimmer, kahl und mit dreckverkrustetem Fußboden. Agadschanian deutet einen Hofknicks an, schwingt das rechte Bein nach hinten. Er küßt der Alten die Hand und stellt mich vor: »Dieser italienische Freund ist Schriftsteller, und ich erlaube mir, ihn Ihnen vorzustellen.«

»Was wollt ihr?« fragt sie uns beide.

»Wir suchen die mysteriösen Kathedralen aus Holz, welche die Eremiten zur Zeit der Türkeninvasion errichtet haben.«

»Ich habe oft von ihnen geträumt, mehr weiß ich nicht davon.«

»Erlauben Sie uns, wenigstens Ihre Kathedrale, diesen überaus wertvollen Palast zu besichtigen.«

»Ich habe nicht die Kraft, die Wege meiner Erinnerung zu begehen. Ich bin müde.«

»Sie brauchen sich nicht zu bemühen. Wir könnten auch alleine gehen.«

Die Prinzessin läßt sich auf einem Haufen Wäsche nieder, unter dem ein Sessel erkennbar wird. Erst jetzt bemerke ich, daß sie barfuß ist.

»Ich möchte euch eine große Enttäuschung ersparen. Seit Jahren höre ich das Nagen der Holzwürmer. Ich weiß, die Möbel werden zusammenbrechen und sich zu Haufen von Staub auflösen, wenn man Fenster und Türen öffnet. Das nämlich ist mir passiert, als ich das erste Zimmer aufschloß, das auf die Gärten hinausgeht und das ›Zimmer der Zarin‹ genannt wurde. Kaum hatte ich das Fenster geöffnet und mich umgedreht, zerfielen die weißen Empirestilmöbel zu Mehlstaub, und an den Wänden blieb der Schatten ihrer Umrisse. Wenn ihr diese Art Schauspiel schätzt, hier sind die Schlüssel.«

Wir wollen die Schlüssel nicht nehmen. Die Prinzessin steht auf, wirft einen feuchten Lappen auf den Boden und während sie ihn mit einem Fuß über den Fußboden zieht, um Dreck aufzuwischen, sagt sie, im Haus sei wenig zu essen: vier Tomaten, eine Zwiebel, eine Paprika und Petersilie. Gleich gibt sie einer alten Bediensteten Anweisungen, wie sie die Tomaten und die Zwiebel schneiden müsse. Sie läßt die Petersilie und die Paprika fein hacken und streut sie dann über die Tomaten. Agadschanian fragt, ob er mit der Polaroid die zwei Miniaturen, die den Gouverneur Dadiani und seine Familie darstellen, photographieren dürfe. Er zeigt der Prinzessin das Photoalbum, in dem verschiedene georgische Adlige abgebildet sind, vor allem aber die letzten Wertgegenstände, die bei vielen illustren Persönlichkeiten verwahrt sind. In die Bitte, auch sie photographieren zu dürfen, willigt die Prinzessin ein und bedeckt sich für diese Aufnahme den Kopf mit dem bestickten Schal, der der Zarin gehört hatte.

Gleich danach schlurft die Dienstmagd herein, bringt Tee und große, befeuchtete Platanenblätter, welche die Prinzessin als Serviette benutzt. Bevor sie uns verabschiedet, rät sie uns, Tschabua, dem großen Weisen, der im Tal der Seide in einem Dorf am Fluß Bzib wohnt, einen Besuch abzustatten.

Dem Anschein nach war es nur wenige Kilometer entfernt, aber in Wirklichkeit sind wir fast einen ganzen Tag das Flußufer entlang durch einen Wald schwarzer, seit Jahrzehnten verdorrter Maulbeerbäume gegangen. Früher hinterließen Scharen von Seidenraupen ihre Kokons auf den Maulbeerbäumen. Aus den nahegelegenen Dörfern kamen die Frauen und sammelten sie sackweise, um sie an den Flußabhängen in Zuber mit kochendem Wasser zu schütten. Danach konnten sie die Seidenfäden zu Knäueln aufwickeln, die sie auf den Seidenmarkt nach Kutaissi brachten. Jetzt waren alle Maulbeerbäume verdorrt und das Gelände, als verlöre ein Heer von Skeletten die Knochen, übersät mit dürrem Geäst, das knisternd zu Boden fiel. Wir machten uns auf die Suche nach dem großen, noch lebenden Baum, der eigenartigerweise weiße und schwarze Beeren trägt, als hätte jemand einen Zweig mit weißen Beeren auf den Stamm mit schwarzen Beeren aufgepfropft. Wir fanden ihn auf dem Dorfplatz eines kleinen Dorfes, einem Chaos windschiefer, vom Regen und einem seit zwanzig Jahren unterschwelligen Wirbelwind gebeutelter Hölzer, die selbst die Willenskraft derer, die darin Schutz suchen, aufgegeben hatte. Rundum staken alte Lattenzäune in der aufgebrochenen Erde, im fauligen Zahnfleisch der Gräben. Der alte Tschabua saß draußen. Von ihm habe ich nur eine Wahrnehmung von Schwäche. Er saß auf einer kleinen Holzbank an einer der drei Baracken, die den Hof umschlossen. Er war klein zusammengekauert, sein Rückgrat schien im Becken versunken. Er trug ein graues Schürzenhemd, gepflegt mit der Sorgfalt dessen, der nur wenige Kleidungsstücke besitzt. Ein heller, wahrscheinlich blauer Blick. Die linke, auf dem Knie ruhende Hand war weiß, durchzogen von blau hervortretenden Venen. Der Wald der toten Maulbeerbäume steht unter seiner Obhut. Mit Hilfe des noch lebenden Baumes sagt er den Verliebten das Schicksal vorher. Zu diesem Zweck hat er ein großes Tuch aus breiten Gazebändern hergestellt, wie sie für Gipsverbände verwendet werden, das unter dem Blattwerk wie ein großes, horizontales Segel an den Ecken und Kanten der umstehenden Baracken befestigt ist. Auf diese Weise verschmutzen die Blätter, die reifen Beeren und die Exkremente der Vögel, die sich abends im

Blattwerk versammeln, nicht ständig den Platz, den Tschabua immer wieder mit einem kleinen Handfeger kehrt. Über seinem Kopf wiegen sich die Schatten dieser kleinen dunklen Klümpchen, die auf die weiche, milchige Decke fallen. Wahrscheinlich war das der hauptsächliche Zweck des weißen Unterschlupfs. Man konnte es sich aber auch vorstellen als eine zwar rudimentäre, aber wirkungsvolle Methode, die reifen Beeren zu sammeln, die durch das Geflatter der Vögel herabfielen. Der eigentliche Zweck dieser Vorrichtung lag aber darin, daß sie ihm eine sichere Aussage erlaubte über die jungen Leute, die einander versprochen waren. Tatsächlich war, wo die Bänder des großen Tuches sich überschnitten, ein Loch, das in den Ärmel einer leichten, am Ende mit einer Wäscheklammer verschlossenen Jacke mündete. Wenn Tschabua den Baum schüttelte und die darin hockenden schlafenden Vögel aufschreckte und sie davonflogen, fielen eine Menge Beeren herab und rollten über die schrägen Gazebänder in den Ärmel.

»Habt ihr eine Tochter, die vor der Heirat steht?« fragt er mit gedämpfter Stimme, als wir uns neben ihn setzen. »Oder einen Sohn?«

»Wir sind nur neugierig«, antwortet Agadschanian.

»In diesem Fall seid ihr zu früh.«

»Und wann ist der richtige Zeitpunkt?«

»Wenn die Sonne untergeht.«

Der Alte fährt fort, mit einem Schilfrohr ganz sachte auf den Boden zwischen seinen Füssen zu klopfen.

Kurz vor Sonnenuntergang hören wir jemanden über die knisternden dürren Zweige gehen, die den Boden des Maulbeerbaumwaldes bedecken. Zwei junge Menschen, beide keine zwanzig Jahre alt, nähern sich. Das Mädchen hält ein kleines weißes Leintuch unterm Arm, der junge Mann eine Jutetasche. Tschabua bedeutet ihnen, sich dem Baum zu nähern und das mitgebrachte Leintuch unter dem mit dem Gazesegel verbundenen Jackenärmel auszubreiten. Dann fängt er an, laut zu rufen und in die Hände zu klatschen. Die Vögel, die sich schon zur Nachtruhe im Maulbeerbaum niedergelassen hatten, fliegen davon und machen Äste und Blätter zittern. Die Beeren fallen auf die Gazestreifen und kullern in das Ärmelloch. Als der Ärmel voll ist, entfernt Tschabua die Wäscheklammer, die Beeren fallen auf das Leintuch, das die beiden jungen Leute darunter halten. Die weißen und die schwarzen Beeren trennen sich und bilden zwei Häuflein. Der junge Mann überreicht Tschabua die Tasche mit dem bescheidenen Entgelt, und die beiden gehen davon, nunmehr entschlossen, künftig getrennte Wege zu gehen.

An jenem Abend essen wir Schaschlik aus Hammelfleisch, das die einander Versprochenen gebracht hatten. Als wir uns nach dem Essen zum Ausruhen auf die Bank setzen, fragt mich Tschabua: »Gibt es in Italien Nußbäume?«

»Vor allem in Süditalien.«

»Welches ist dein Italien?«

»Ein Dorf in Mittelitalien.«

»Also gibt es bei dir wenige Nußbäume.«

»Sehr wenige.«

»Wirklich schade. Hier bei uns riecht und schmeckt fast alles nach Nüssen.«

Bevor wir uns schlafen legen, trinken wir Joghurt und später mit Hagebutten abgekochtes Wasser. Wir schlafen in einer der vielen verlassenen Baracken. Agadschanian hat plötzlich den Eindruck, im Gefängnis zu sein, wo er fünf Jahre lang inhaftiert war. Er erinnert sich daran, daß es ihm gelungen war, sich von seinen Freunden Bücher schicken zu lassen, insgesamt eintausendfünfhundert, für jeden Häftling eins. Bedauerlicherweise haben sie sie dazu benutzt, Zigaretten zu drehen, so daß der Gefängnishof zwei Tage später übersät war mit Buchdeckeln und den liebevollen Widmungen der Freunde.

»Nach meiner Entlassung aus dem Gefängnis war ich behaftet mit der Anklage, unmoralisch gehandelt zu haben. Wenn sich in meiner Stadt Freunde begegnen, küssen sie sich normalerweise. Einer meiner liebsten Freunde ist mir auf der Straße begegnet und hätte nach den Regeln der Freundschaft mich umarmen und küssen müssen, aber er hat sich sehr ostentativ eine Zigarette in den Mund gesteckt und mir nur die Hand gegeben. Etwas Außergewöhnliches ist hingegen geschehen beim Begräbnis des großen armenischen Akademikers Oseliani. Ich war erst seit drei Tagen aus dem Gefängnis entlassen und stand im Hof, als die Bahre herausgetragen wurde. Sobald sie mich sahen, streckten die Freunde, die die Bahre trugen, ihre Hand aus, um mich zu begrüßen, während sie mit der anderen die schwere Bahre über eine enge Treppe hinabtrugen. Am selben Abend suchte mich Oselianis Frau in meinem Haus auf, um mich zu fragen, ob sie mir den Hausmantel und einen Winteranzug des Verstorbenen schenken dürfe, da sie mich für würdig befinde, die Kleider ihres geliebten, einzigen Gefährten zu tragen. Das sind die Dinge, die ans Herz rühren. Sie sind von einzigartigem Wert.«

Am anderen Tag fuhren wir mit dem Bus zurück und gingen uns von der Prinzessin Tschavadse verabschieden, die uns mit einer Überraschung aufwartete. Sie führte uns in eines der noch gut erhaltenen Zimmer des Palastes, das ausgestattet war mit weißen, messingbeschlagenen Möbeln. Auf dem Tisch standen die Tassen des letzten in der Familie gemeinsam getrunkenen Kaffees, sie waren umgedreht, die vom Kaffeesatz hinterlassenen Zeichen noch lesbar. Damals las die Bäuerin daraus, daß das Schicksal der Familie besiegelt sei. Alle verließen ihre Heimat. Die Prinzessin allein war in dem

Hause zurückgeblieben, in dem der Geist der monarchischen Welt noch immer lebendig ist.

Jede Nacht träume ich zwei, drei kleine Träume. Ich würde sogar sagen, ich träume, wenn meine innere Ruhe an Langeweile grenzt. Heute nacht allerdings hatte ich einen langen Traum.

Mitglieder eines augenscheinlich großen Clubs saßen auf Korbsesseln um Tische herum, die auf einem breiten Gehweg standen. Sie schauten auf das Ende der mit riesigen Linden gesäumten Straße in der Erwartung, von dort hinten müsse jemand kommen. Tatsächlich taucht, von den oszillierenden Lichtschleiern zwischen den Hochhäusern immer wieder verschluckt, der Umriß eines Mannes auf, der mit einem Sack über der Schulter näher kommt. Der Mann bin ich. Ich gehe sehr langsam, erstaunt darüber, daß mein eigentlicher Beruf der ist, den ich in diesem Moment ausübte: Maurer. Die am Ausgang des Clubs sitzenden Männer führen mich in ihre Räume und zeigen mir die verstaubten Billardtische, die ihren Bedürfnissen, sich zu vergnügen, nicht mehr genügten. Unzählige Schachbretter und Figuren liegen in völliger Unordnung in den Sälen. Wir treten durch die breiten Glastüren auf den Rasen des Innenhofs. Dort liegen in kleinen Haufen Sand, Zement und Werkzeuge bereit. Ich nehme meine persönlichen Werkzeuge aus dem Sack und mache mich daran, den Anwesenden vorzuführen, wie man eine Mauer hochzieht. Zuerst bereite ich den Gips zu, wobei ich alle Kniffe beachte, die mir der großartige Maurer, der mein Großvater gewesen ist, beigebracht hat, dann maure ich mit Hilfe von Senkblei und Wasserwaage einen Backstein über den anderen. Eindeutig sollte diese Arbeit das neue Freizeitvergnügen der Clubmitglieder werden. Die Mitglieder wollten in einer handwerklichen Betätigung die Freude am Leben finden. Nach einer

Weile stelle ich sie neben die Backsteinhäufchen und fordere sie auf, zu tun, was ich tue. Die gut gekleideten Herren beginnen, sich voller Eifer in die Arbeit zu stürzen und schmutzig zu werden. Im Lauf einer Stunde füllt sich der Rasen mit schrägen, bäuchigen Mäuerchen. Das eine oder andere stürzt in sich zusammen. Ein Clubmitglied hat sich in einen niedrigen Turm eingemauert. Sie lachen, reden, fluchen. Aus dem Vergnügen war Leben geworden.

Wir sind im Hotel Borjomi, wenige Schritte von dem großen Kurpark entfernt. Das Hotel ist geräumig, halbrund, mit ausladenden Treppen, die ein persisch anmutender Läufer bedeckt. Über den Läufer ist ein weißliches Tuch gebreitet. Die Kurgäste sitzen auf mehrere Stockwerke verteilt in kleinen Sälen und schauen unter den aufmerksamen Blicken der Saalhüterin fern. Ein Klima wie in einem alten Sanatorium. Es gibt auch eine Schneiderwerkstatt, die wir schon damals aufgesucht haben, als wir einen Holzmodel für georgische Mützen, den Agadschanian bei einem einfachen Hutmacher in seiner Werkstatt in der Nähe des Marktplatzes gekauft hatte, nach Tiflis schicken wollten. Der Schneider steht den Kurgästen für die Anfertigung von Kleidern und deren Verpackung zu Diensten. Er empfängt uns in Pantoffeln, das weite Hemd in die trägerlose Hose gesteckt. Geruch nach feuchter, vom Bügeleisen verbrannter Luft. Rundum Stühle und Kleider auf den Stühlen. Zwei Schneiderpuppen schauen durch die Fensterscheiben auf ein kleines Karussell in der Nähe des Bahnhofs, das ununterbrochen die grauen Pferdchen ohne Schweif und mit durchlöcherten Augen, in denen sich die Kinder mit den Fingern festkrallen, im Kreise drehen läßt.

Jeden Tag gehen wir zu Fuß bis zum Kurpark. Mit Arabesken verzierte Holzhäuser. Die Überdachung einer Veranda ist sogar mit kleinen, mosaikartig angeordneten Spiegelchen geschmückt. Im Park stehen zwei alte Frauen in dem mit Marmor ausgekleideten Brunnen, der heilende Wirkung hat. Viele Leute füllen Thermosflaschen und andere Behälter. Jeden Morgen trinke ich ein Glas Wasser und betrachte dabei die waldbedeckten Berge, die dieses Dorf rundum einschließen. Das Dorf spiegelt sich im Kurà, dem langen Fluß, der in den türkischen Bergen entspringt, durch Tiflis fließt, Aserbaidschan durchquert und sich in das Kaspische Meer ergießt. Das Borjomi-Wasser ist lauwarm, kohlensäurehaltig und schmeckt nach Zolf, als fließe es auf seinem Weg ans Licht durch faule Eier. Die Georgier in dieser Gegend tragen einen Bart von mindestens zwei Tagen und Schuhe mit Absätzen, die Frauen orthopädische Korksandalen. Die jungen Männer scharen sich in Gruppen zusammen, gehen auch untergehakt, und wenn sie irgendwo sitzen, winden sie ihre Körper, um mit leuchtenden Augen den Mädchen nachzuschauen.

Es ist mir zur Gewohnheit geworden, einem achtzigjährigen Alten zuzuschauen, der die Hauptstraße fegt. Einen Kasaken erkennt man noch nach vielen Generationen, auch wenn er in anderen Ländern lebt und aufwächst. Die Urgroßeltern von Wanja waren vom Zar aus zwei Gründen in den Kaukasus verpflanzt worden: erstens sollten die Länder um das Schwarze Meer, die so stark an ihrem eigenen Alphabet hingen, russifiziert, zweitens sollte der rebellische Stamm der Kasaken aus seinem angestammten Land in alle Winde zerstreut werden. Wanja trägt eine Schildkappe, wie sie die Eisenbahner bis 1920 trugen: schwarz, steifes Schild, Fettflecken, wo die Krempe den Kopf berührt. Ein rosafarbenes Hemd über der nachtblauen Hose, über dem Hemd ein kurzes Gilet, mit dreißig Metallhäkchen zu schließen. Er und seine Frau schneidern alle Kleidungsstücke, die sie tragen, selbst. Das war im übrigen so Brauch bei ihren Bauersfamilien, die dreimal die Woche gekochte Wildkräuter aßen und an den anderen Tagen Bohnen, Brot, Pilze, Milch und Obst. Sie lebten zusammen mit ihren Pferden und anderen Tieren. Unter ihnen gab es weise Männer, die sagten schon zu Beginn des vorigen Jahrhunderts voraus, daß metallene Vögel kommen würden, mit Hilfe derer zwei Hunderte von Kilometern voneinander entfernt lebende Brüder sich würden treffen können. Während der großen Umwälzungen der Revolution schöpften sie aus den Gebeten, die die Eltern sie gelehrt hatten, Halt und Trost. Die Eltern gehörten der Gemeinde der *Kämpfer des Geistes* an. Aufgrund der ständigen Verfolgungen traditionsgemäß fast alle Analphabeten, wurden die Gebete mündlich von Vater zu Sohn überliefert. Auch im Lager sprach sich Wanja manchmal Mut zu, indem er an einen Baumstamm gelehnt, den Kopf zwischen den Blättern verborgen, Gebetsfetzen vor sich hinsprach. Er mußte vorsichtig sein, denn wegen seines Glaubens war er deportiert worden.

»Erzählt mir von euren glücklichen Zeiten.«

»Ich bin immer glücklich gewesen«, antwortet er und schaut mich mit geröteten Augen an.

Von Zeit zu Zeit heftet er seinen Blick auf mich, während er weiter die Straße fegt. In seinen Gesten liegt sehr viel Mißtrauen, er ist immer auf der Hut, auch wenn nur der Schatten eines Vogels vorüberhuscht.

»Könnt Ihr mir ein Gebet aufsagen?« frage ich ihn.

Ohne mich anzuschauen, beginnt er ein Gebet zu sprechen, eingeschüchtert durch die eleganten Kurgäste und die weißgekleideten Krankenschwestern, die durch die Allee spazieren.

»Trage Ehre und Güte in deinem Herzen
sammle in dir das Gute
das Gott geschaffen hat.
Denke, bevor du dich auf den Weg machst.«

Ich ging neben ihm her, während er weiterfegte. Es gab

lange Momente des Schweigens, es fiel ihm schwer, mir das Gebet anzuvertrauen. Oft wiederholte er, was er schon gesagt hatte, so als müsse er Anlauf nehmen für den folgenden Vers.

»Denke, bevor du dich auf den Weg machst
laß nicht zu, daß der Zufall
Macht gewinnt über das Wahre.
Hilf dem Unwissenden
zu verstehen.«

Am Ende der Allee drehte er sich mit Tränen in den Augen zu mir um, und ich fragte ihn: »Sagt mir die Wahrheit, Großvater: habt Ihr Angst?«

Der Alte schlug die Augen nieder, sein adliges Musketiergesicht mit dem langen, weißen, bis an die Ohren reichenden Schnurrbart verfinsterte sich. »Ein wenig Angst schon.« Dann sagte er nichts mehr, und ich folgte ihm zu Fuß bis in sein Dorf, zu seinem Haus und seiner alten Frau, die auf der Holzbank mit einem Eimer Kartoffeln, die zu schälen waren, auf ihn wartete. Als ich mich schweigend neben die beiden setzte, bemerkte ich, daß Wanja weinte. Die Alte sprach flüsternd mit ihm auf georgisch und sagte dann zu mir: »Er schämt sich, daß er gesagt hat, er habe Angst. Ihr müßt ihm verzeihen.«

Ich starrte auf die Kartoffelschalen, die unaufhörlich vor meinen Füßen zu Boden fielen.

ACHTES KAPITEL

Von der Terrasse einer kleinen Bibliothek in den Bergen
schauen wir ins Tal und sehen eine Wolke weißer Schmetter-
linge zu uns herauffliegen. In kurzer Zeit wird alles um uns
herum weiß.

Hinter den monumentalen Gebäuden, in denen die georgischen Komponisten arbeiten können, hatte man uns große
Bäume gezeigt, auf denen die Bauern die Tabakblätter trocknen. Wir folgen einem Pfad, der den Berg hinaufführt und immer von wucherndem Unterholz verschluckt zu werden droht.
Wir gelangen auf eine große, mit Heublumen und Kamillen
übersäte Wiese. Die wenigen, einzeln stehenden Bäume sind
riesige *panta*, so heißen sie hier, wildwachsende, tausendjäh-
rigen Eichen ähnliche Birnbäume. Sie hängen voll mit kleinen
Früchten, von denen immer wieder eine auf die Erde fällt. Wir
steigen auf einer an den Stamm zwischen dem Blattwerk ge-
lehnten Sprossenleiter hinauf und stellen fest, daß die Blätter
im Inneren vertrocknet sind und das Gewirr der Äste so zu-
rechtgebogen, daß Hohlräume entstanden, in denen trauben-
artig angeordnete Büschel von Tabakblättern zum Trocknen
aufgehängt sind. Die Früchte und der noch lebende Teil des
Baumes sind nur die äußere Oberfläche, eine grüne, schüt-
zende Hülle. Agdschanian sucht nach Zeichen oder Hinweisen,
aus denen wir schließen könnten, daß wir die berühmten Kathedralen aus Holz gefunden haben. Aber alles ist fast wie
üblich. Von Bauern zurechtgebogene und zu Speichern für
ihre Erzeugnisse umfunktionierte Bäume gibt es fast überall
in Georgien. Das zumindest behaupten die Bauern, denen wir
im Umkreis des großen Birnbaums begegnet sind. Mit der
Sense mähten sie das Gras, das die Hochebene bedeckte.

Wir lassen sie bei ihrer Arbeit zurück und fahren weiter nach Madscharzkali, einem kleinen Dorf aus Holzbaracken auf der Kuppe eines Berges, auf den eine ungeteerte Straße hinaufführt, die sich weiterschlängelt und schließlich in den Bergen verliert. Schmutziger Dunst entsteigt den Armenvierteln, die Holzhäuser sehen aus wie übereinandergestapelt, ihre Balkone gehen auf Innenhöfe zu, wo Wasser aus den Brunnen in Eimer tropft. In den Fensterscheiben bricht sich flimmernd Licht und regnet zwischen die abgeschälten Stämme der Platanen. Ein Getürm von Dächern und Balkonen, die Sonne darin schmeckt nach trockenem Holz. Auf den mit Holzsplittern übersäten Gäßchen tummeln sich Kinder mit staubverklebten Gesichtern und unfolgsame Ferkel, die sich suhlen und kratzen, um ihre Flöhe loszuwerden.

In frommer Verehrung der Kultur hat uns eine Bäuerin die am Rande des Tals gelegene kleine Bibliothek aufgeschlossen. Wir waren müde und wollten in erster Linie ausruhen. In dem kleinen Raum mit Holzfußboden lagen einige tote Vögel, die durch eine kaputte Fensterscheibe dort hineingeraten und gefangen geblieben waren. Wir lassen uns von der Alten einige Bücher geben, die wir auf der abbröckelnden Loggia durchblättern wollen, von der man einen Ausblick auf eine grandiose, überwältigende, in den Überlagerungen der Ferne mehr und mehr verschwimmende Landschaft genießt. Unter der Loggia lagert eine Herde Kühe, die ihre Köpfe an dem Tragpfeiler reiben. Ich setze mich auf den zerfetzten Lastwagensitz, der an der Wand lehnt. Agadschanian kommt mit einem Buch in der Hand zu mir: »Das hat ein italienischer Missionar geschrieben«, sagt er voller Begeisterung. »Er heißt Giudici. Er berichtet dem Vatikan über das Georgien des siebzehnten Jahrhunderts und über seine Auseinandersetzungen mit einem türkischen Arzt und Gelehrten, einem überzeugten Moslem und Gegner der Einmischung der Katholiken, ein gewisser Ferindon. Der Kampf zwischen diesen zwei hervorragenden Geistern ist unerbittlich. Schließlich erkrankt der Türke und will von dem Missionar, der seinerseits Arzt ist, untersucht werden. ›Es fehlt euch nichts‹, sagt der Missionar, als er Ferindon untersucht hat. Der Türke lächelt gerührt: »Das stimmt nicht, ich bin krank vor Sehnsucht. Seit ich euch habe italienisch sprechen hören, sterbe ich vor Sehnsucht. Auch ich komme aus Italien, aus Siena. Mit zwanzig Jahren, als ich mit meinem Vater in Griechenland auf Reisen war, haben mich die Türken entführt, und so bin ich Moslem geworden.« Schweigend schaue ich ins Tal, während meiner Phantasie, belebt durch diese Andeutungen über das Leben Ferindons, Flügel wachsen.

Eines Tages befahl der General: »Spring!«, während er in der rechten ausgestreckten Hand das Taschentuch hielt, das Bonapart schnappen sollte. Es war das erste Mal, daß der General ein Wort auf italienisch sagte. Es war ihm zufällig entschlüpft. Der Hund gehorchte nicht, denn er konnte die Bedeutung jenes Wortes nicht verstehen. Der General erklärte ihm, was es bedeutete. Den ganzen Tag lang und in den folgenden Tagen brachte der General italienische Wörter ans Tageslicht, die in seinem Gedächtnis verschüttet lagen. Er erinnerte sich, daß er als Kind mit der Mutter italienisch und mit dem Vater russisch gesprochen hatte. Er war damals sogar überzeugt gewesen, alle Frauen von Petersburg sprächen italienisch und alle Männer russisch. Im Laufe eines Monats wiederholten er und der Hund mindestens hundert italienische Wörter. Als ihm plötzlich »Amore mio« über die Lippen kam, wurde der General ganz rührselig. Diese beiden Wörter hatte seine Mutter oft zu ihm gesagt, bevor sie ihm gute Nacht wünschte. Er fragte sich, warum sich erst jetzt diese Tropfen italienischen Blutes rührten, die in seinen Adern flossen. Zu Beginn seiner militärischen Laufbahn hatte er nicht gewollt, daß die anderen jungen Offiziere wußten, daß seine Mutter Italienerin war und Tochter jenes mittelmäßigen Geigers, der nach Petersburg gekommen war und sich für den großen Florentiner Künstler gleichen Namens ausgab, mit dem er in Wirklichkeit nicht einmal entfernt verwandt war. Selbst die Tatsache, daß sein Großvater als Oberst in der Schlacht gegen die Türken zu Ehren gekommen war, hatte ihn nicht versöhnlich stimmen können. Erst jetzt dachte er manchmal mit Sympathie, ja sogar Bewunderung und Achtung an diesen eigenartigen Menschen, der seine Tage als Eremit in den Bergen des Kaukasus beendet hat.

In diesen Tagen, die angefüllt waren mit Erinnerungen insbesondere an seine Mutter, wies er seinen Diener an, den großen, schon unter dem Staub der Vergessenheit begrabenen Flügel im Salon zu säubern. So wurde zumindest einmal am Tag die Stille des Palastes gebrochen durch den Klang der Tastatur, auf der die zittrigen Hände des Dieners Staub wischten. Öfters aber waren nachts aus dem abgelegenen Salon gleichmäßige, dumpfe Schläge zu vernehmen, ein kontinuierliches, rhythmisiertes Fallen von etwas, das eine gewisse weiche Schwere haben mußte.

Der General ließ einige Zeit verstreichen, ehe er den Diener nach der Ursache jener Geräusche fragte. Er hätte dieses Problem gerne selbst gelöst. Nächtelang zerbrach er sich den Kopf und stellte Vermutungen an, aber eines Tages trieb ihn seine Neugier, nach der Erklärung zu fragen.

»Es sind Mäuse, Exzellenz«, antwortete der Diener.

»Was machen sie?«

»Seit der Flügel spiegelblank poliert ist, rutschen sie aus und fallen auf den Boden.«

Dem General wurde klar, daß nur ein Brand sie aufscheuchen und vertreiben konnte. Seit langem waren seine Angele-

86

genheiten nur mit Feuer zu lösen. Er ließ die Mäuse weiterleben und gewöhnte sich an dieses nächtliche Plumpsen.

Vom Balkon aus photographiert Agadschanian mit seiner Polaroid. Die Berge, die im Hintergrund in immer tieferem Blau aufsteigen, sind auf die gleiche Weise bewegungslos wie die Bilder auf den eben aufgenommenen Photographien. Unterdessen steigt vom Tal her der Duft von frisch gemähtem Gras auf und hüllt uns ein. Ich bleibe sitzen, klappe das Buch in meinen Händen zu und überlasse mich den Düften dieser schwirrenden Luft. Ganz allmählich verflüssigt der erschöpfte Körper seine Substanz und löst sich in einer Empfindung grenzenloser Weite. Mir ist, als könne ich sogar mit dem stattlichen Stauwehr einswerden, das die Schlucht an der Mündung des Kurà schließt. In einem erholsamen Schwindel wird der Kopf leer. Dann nähert sich von unten her eine helle Wolke, erhebt sich dampfend über den sich hinschlängelnden Fluß.

Die Wolke dehnt sich aus, hüllt die vor unseren Augen liegende Landschaft in Nebel, streift mit ihren Fransen an unserem Balkon entlang. Legt sich um uns. Eingetaucht in Büschel leichten Flaums stellen wir fest, daß es Schmetterlinge sind, Millionen von Schmetterlingen, aufgeflogen aus der großen Wiese, in der die Bauern mit ihren Sensen das hochstehende Gras um die Wildbirnbäume mähten. Weiße zitternde Flügel bedecken die Decke der Loggia, das hölzerne Geländer und die Blätter des unter dem Balkon sich hervorkrümmenden Apfelbaumes. Sogar auf den Schweinen und Kühen, die unten auf der Wiese grasten, sitzen sie dicht an dicht. Plötzlich, wer weiß auf welches geheime Zeichen hin, begannen alle Flügel sich in die Luft zu erheben und in einer weißen Wolke auf die höhergelegene Wiese, auf der die Schwefelwasserquellen entspringen, zuzubewegen. Zurück blieben nur abgebrochene Flügelstückchen und Beinchen.

Wir sind mit dem alten Bus unterwegs, das Dorf Dschitakevi liegt hinter uns. Plötzlich verläßt Agadschanian die Straße und fährt in den Wald hinein, der die schlammige, pfützenübersäte Fahrbahn säumt. Er dreht sich zu mir um und sagt: »Hörst du die Glocken?« Er stellt den Motor ab, damit ich das Gebimmel hören kann. Im Tal des Kurà hört man oft von dem *Grünen Kloster* sprechen. Es ist ein kleines Kloster aus dem Jahr eintausend, das verlassen und unbewohnt in dem Wald aus Pinien, Nuß- und Kastanienbäumen liegt, der sich über die Berge erstreckt. Jeder erzählt etwas anderes davon, als handle es sich um verschiedene verlassene, entlang der Waldpfade verstreut liegende Klöster. Sehr wahrscheinlich existiert das *Grüne Kloster* gar nicht. Vielleicht ist es nur ein Werk der Einbildungskraft oder eine andere Bezeichnung für eine der vielen Kathedralen aus Holz. Eines jedoch kommt in allen Erzählungen vor: das festliche Gebimmel einer kleinen Glocke, das diejenigen, die sich wegen der Arbeit oder anderer Beschäftigungen im Wald aufhalten, zum Gebet ruft. Wer aber macht die Glocke läuten, wo doch keine Klosterbrüder mehr da sind? Agadschanian erklärt mir, eine besondere Amselrasse habe ihren Lockruf dem Klang der Glocke angeglichen. Als in dem Konvent das Leben aufhörte, sei es, daß ein Unheil es heimgesucht oder die Brüder es verlassen hatten, versuchten die Vögel, als hätten sie Sehnsucht nach ihnen, die Glockentöne nachzuahmen. Auf diese Weise sind sie uns von Generation zu Generation erhalten geblieben und überliefert worden. Jeder Vogel ist mittlerweile ein *Grünes Kloster,* und wer bis zu diesen Tönen vordringt, findet sein Konvent.

Die Pfade, auf denen wir bergan gehen, sind treppenartig von Wurzelgeflecht durchzogen, was den Anstieg erleichtert. Unverhofft steht das *Grüne Kloster,* unser Kloster, vor uns: zwei kleine, in Schlamm und Moos versinkende Bauten aus Stein. Der Vogel, der gesungen hatte, sitzt regungslos auf der höchsten Spitze des Kirchleins. Die Sonne fällt durch die Zweige der großen Nußbäume und wärmt die Fassadenvorsprünge aus gelbem Stein und einige kleine Basreliefs, auf denen Pferde dem Sonnenuntergang entgegengaloppieren. Wir finden die Pforte und betreten den eigentlichen Kirchenraum. Auf einem Stein, der an der Stelle auf dem Fußboden liegt, wo früher der Altar gestanden haben mag, steht eine brennende Kerze. Wer war vor uns da gewesen? Auf dem steinernen Sims, das um das Halbrund der Apsis verläuft, liegen erloschene Kerzen für diejenigen, die eine Gnade erbitten wollen. Daneben einige Schachteln Streichhölzer. Ich stehe mit einer erloschenen Kerze in der Hand, bis es mir gelingt, ein sehr wichtiges Anliegen in Worte zu fassen. Dann beginne ich, die Streichhölzer an der Zündfläche zu reiben, muß aber feststellen, daß die Phosphorköpfe feucht sind und sich nicht anzünden lassen.

Ich verbrauche drei Schachteln Streichhölzer. Umsonst. Ich möchte meine Kerze an der Flamme der schon brennenden Kerze entzünden. »Man stört das Anliegen eines anderen nicht«, sagt Agadschanian zu mir. Wir gehen hinaus und finden, vergraben, einige Tonkrüge. Früher enthielten sie den Wein, den die Brüder herstellten. Jetzt waren die aus der Erde herausragenden Krughälse mit Ziegeln und Steinen zugestopft. Unmittelbar hinter der Umgrenzung des Kirchleins lag ein kleines Stück ebener Erde, von dem ich annehme, daß es der Garten der Brüder war.

Mit einem rostigen Nagel scharre ich die Erdkruste auf und stoße auf dürre, oft faulige Wurzeln. Ich zeige sie der seltsamen Gestalt, die, eine Gurke in der einen, ein Lumpenbündel in der anderen Hand, des Weges kommt. Der Mann erklärt, es seien sehr alte Bohnenwurzeln. Er zerreibt das trokkene Wurzelgeflecht mit großem Sachverstand, bis es zu einem Häufchen Staub zerfällt. Um seinen Gürtel hat er ein

Seil geschlungen, seit alters her unverzichtbarer Reisege-
fährte für jeden *mengrel*, als das Seil noch dazu diente, Pferde
zu stehlen, Heu zusammenzubinden, Flüsse zu überqueren,
auf einen Baum zu steigen. Vom Gürtel baumeln einige Beu-
telchen für Salz und Pfeffer. Auch zwei Kerzenstumpen hängen daran.

»Geht Ihr irgendwohin?« fragt Agadschanian voller Neugier.

»Ich gehe«, antwortet der Mann. »Und wenn ich stehen-
bleibe, esse ich wilde Birnen und koche Minzblätter. In den
Wäldern gibt es alles, was man braucht.«

Agadschanian macht ein Photo mit der Polaroid. Der
Mann betrachtet einen Augenblick lang sein Bild, das allmählich Konturen annimmt. Wir wollen es ihm schenken, da wir
annehmen, es mache ihm Freude.

»Warum die Zeit anhalten?!« ruft der Mann aus, seine
Ablehnung rechtfertigend. Er geht seines Wegs, und wo der
Wald am dichtesten ist, entzieht er sich unseren Blicken.

NEUNTES KAPITEL

Wir überschreiten die Grenze zu Armenien und gelangen zu der zwischen Bäumen versteckten Basilika von Sanain. Agadschanian singt einen Psalm, um mich den Wohlklang des feuchten Gewölbes hören zu lassen.

In einem weit abgelegenen Dorf, hinter dem Friedhof von Zatibe mit den großen, mehrhundertjährigen Wildbirnbäumen, unter denen umzäunte Gräber liegen und mit rostigen Blechen ausgebesserte Hütten voll getrockneter Tabakblätter, gelangen wir zu dem Haus, das Agadschanian seinen Landsitz nennt. Die erdigen Sträßchen winden sich zwischen Wänden aus verwittertem Holz hindurch. Mitten auf einem Platz steht ein alter ausrangierter Bus ohne Sitzbänke, den man zur Zielscheibe fürs Scheibenschießen umfunktioniert hat. Ein Mann wartet auf die spärlichen Kunden, die ihrer Langeweile mit den zwanzig blechernen Figuren ein Schnippchen schlagen wollen. Agadschanians ländlicher Schlupfwinkel liegt in einem zur Straßenseite hin mit einem hohen grauen Lattenzaun abgegrenzten Gebäude. Eine wacklige Holztreppe führt hinein. Zwei Zimmer. Hinten hinaus gelangt man über eine breite Steintreppe von der Terrasse in den Innenhof, auf dem Mais zum Trocknen ausgelegt ist. Keine Toilette, kein fließendes Wasser, keine Heizung. Agadschanian beginnt, Blumen abzurupfen und Früchte zu pflücken, die er in Schalen und Vasen anordnet und aufstellt. Hinter dem Paravent ein schmales Bett. Kleine Ikonen an Stühle angelehnt, was aussieht, als säßen die Heiligen. An den Wänden einige alte Möbelstücke und abgewetzte persische Teppiche, an denen weiße, bestickte Tücher hängen. Später gehen wir auf die Dorfstraße, wo Agadschanian mit Manuka, einem fünfjährigen Jungen, der mit einem Stöckchen im schlammigen Graben herumwühlt, ein paar Worte wechseln will. Manuka geht mit gesenktem Kopf davon. Agadschanian läuft um das Gebäude herum, um auf dem Umweg durch den Garten wieder ins Haus zurückzukehren. Als wir unter den stacheligen Blättern der Kürbisse durchschlüpfen, die sich am Grenzzaun emporranken, beginnt Agadschanian, die Geschichte von Manuka zu erzählen.

»Seit zwei, drei Monaten hat er Angst vor mir. Er wohnt auf der anderen Straßenseite. Es hat angefangen, als sein Vater gestorben ist. Zwei Tage nach dem Tod ihres Mannes kam die Mutter zu mir. Sie wollte eine Vergrößerung der Photographie, auf der ihr Mann mit anderen Leuten zu sehen ist. Ich sollte von diesem Photo einen Ausschnitt machen und nur ihn vergrößern. Als ich der Frau das vergrößerte Photo überreichte, war auch Manuka zugegen. Kaum hatte der Junge das Photo gesehen, sah er mich mit Staunen an, denn er vermutete in mir eine Kraft, die die gewöhnlichen Fähigkeiten der Menschen weit übersteigt. Er stellte sich vor, daß ich, um diese Vergrößerung machen zu können, seinen Vater irgendwo getroffen haben mußte. In derselben Nacht hörte ich die Katze durch das obere Fenster ins Zimmer schleichen. Ich ließ wie üblich einen Schrei los, um sie zu erschrecken, aber seltsamerweise huschte das Tier nicht erschreckt davon, sondern schlich sich durch das Zimmer ans Bett heran. Das Mondlicht, das wie Wasser in eine lecke Dose in das Haus eindringt, ließ mich neben dem Bett Manukas verstörtes Gesicht erkennen. ›Was willst du?‹ frage ich flüsternd. ›Wo ist mein Vater?‹ antwortet das Kind mit heiserer Stimme. Ohne eine Antwort zu geben, halte ich ihn eine Weile in meinen Armen, und er rennt enttäuscht davon.«

Ich weiß nicht, ob es eine Geste der Verzweiflung war oder vielmehr eine fröhliche, karnevalistische und gleichzeitig düstere Aussage über das Schicksal der menschlichen Künste. Nachmittags gegen vier Uhr holt Agadschanian aus einer alten Truhe einen Armvoll alter, glatzköpfiger Puppen mit großen runden Glasaugen hervor, deren Kleider in Fetzen über ausgerenkte Arme und Beine herabhängen. Er verläßt das Haus und geht die große Straße entlang zu dem als Zielscheibe benutzten blauen Bus. Ich gehe mit ihm und trage die aus weißem Stoff handgefertigten Puppen, deren Gesichter mit dunklem Stift aufgemalt sind. Mit Geduld und großer innerer Anteilnahme setzt Agadschanian alle Puppen an die Stelle der blechernen Tiere, die als Zielscheibe dienen.

Es sah aus, als hätte sich der Bus mit einer Menge Neugeborener gefüllt, die auf ihre Erschießung warten. Dann verläßt er den Bus und läuft erregt durch das Schmutzwasser einer Pfütze die Straße auf und ab.

Nach dem breiten Flußtal des Aragvi folgen wir dem Lauf des Terek, der uns mitten in unbewaldete, von Moos samten grüne Berge führt. Wir kommen in das Dorf, das sich unter den riesigen Kasbek schmiegt, der bis in eine Höhe von fünftausendfünfhundert Metern hinaufragt. Hier oben saugen die Bienen die Blüten der Wilddisteln. Hier hatte Agadschanian einen jungen, sehr schönen und klugen Hirten kennengelernt. Neben einer alten Baracke halten wir an, Agadschanian klopft an die Tür. Niemand öffnet. Durch verschmutzte Fensterscheiben schauen wir hinein. Es sieht verlassen aus. Agadschanian stemmt sich gegen die Tür und augenblicklich befinden wir uns in einem Raum mit einem eisernen Ofen in der Mitte, einem Feldbett und Sitzbänken, auf denen zwei Säcke mit Mehl und Bohnen liegen. Der Ofen ist noch warm. Vor mir, der ich ihm erstaunt zuschaue, lädt Agadschanian Bücher aus dem Kofferraum unseres Busses. Er habe sie in den verschiedenen kleinen Bibliotheken, die wir besichtigt hatten, mitgehen lassen, sagt er. Wie einen Teppich breitet er sie auf dem Fußboden aus, bedeckt den ganzen Raum damit, dann schließt er die Tür wieder. Wir fahren weiter auf der Straße, die sich durch die Schlucht des Terek windet. Die Berge werden immer kahler. Die ozonhaltige Luft ist sehr wohltuend bei Lungenkrankheiten. Aus der Ferne erkennen wir moderne Gebäude aus gelbem Tuffstein, an denen Seilbahnen in die am Rande des erloschenen Vulkans gelegenen Wolframbergwerke abfahren und ankommen. Arbeiter, eingeschlossen in raum-fahrerähnliche Anzüge, sind die einzigen Bewohner dieses ricsigen Lunaparks.

Wir kommen nach Olgeti, einer kleinen Ansammlung von Häusern nahe einem Zufluß des Terek. Das Dörfchen nimmt uns freundlich auf. Es ist Sonntag. Eine vielköpfige Familie lädt uns in ihren Hof ein, in dem unter einem Vordach ein Ofen steht, noch warm vom Teekochen. Wir schauen uns auch die Innenräume des geräumigen, himmelblau gestrichenen Hauses an, dessen Fenster sowohl auf den Innenhof als auch auf die mit Rinnsalen durchzogene Straße hinausgehen.

Die Holzfußböden sind bemalt, mit Teppichen und Strei-fen farbiger Wollstoffe ausgelegt. Sehr saubere, seit kurzem erst neu gestrichene Zimmer, die schmalen Betten an die Wände gerückt, so daß in der Mitte viel Platz bleibt. Lange feine Vorhänge strahlen das Licht gelb zurück und dämpfen die Helligkeit der Fenster. Wir bewegen uns wie in einem Aquarium. Dann die zauberhafte Atmosphäre des Kinderzim-mers: zwei Betten sind in den Ecken an die blauen Wände ge-rückt, zur Decke hin sind zwischen rosa Streifen vereinzelt Efeublätter in Tempera aufgedruckt. Auch hier wird das Licht von langen, hellen Schleiern aufgefangen, was dem Zimmer eine greifbar heitere Stimmung verleiht. Der Fußboden ist be-deckt von einem einzigen, großen rötlichen Tuch, auf dem eine Menge leerer Streichholzschachteln verstreut liegt. Mit diesen Schachteln spielen die Kinder, die wir vorher haben hinter dem Mann herlaufen sehen, der den Honig einsammelt. Sie bauen daraus Türme, Häuser oder andere Gebilde. Agadschanian gibt mir durch Zeichen zu verstehen, an der Tür stehenzubleiben, um diese Atmosphäre von weitem zu betrachten. Dann schiebt er zärtlich eines der Mädchen, die uns gefolgt waren, in das Zimmer hinein und legt ihr einen dünnen rosa Schal über den Kopf, der ihr Gesicht verhüllt. Er selbst geht hinein, um ein mit einer bestickten Hülle bezogenes Kissen auf den Fußboden zu legen, damit es ein wenig von dem Rot wegnähme. Dann schauen wir lange schweigend auf dieses Zimmer und das Mädchen mit ihren vom Schleier bedeckten Augen, die uns im Gegenlicht mit der Magie eines Orakels fixieren.

Wir überschreiten die Grenze zu Armenien. Die asphaltierte, gut gebaute Straße macht Agadschanian übermütig. Wir kommen nach Akpat, einem Bergdorf, das sich um die große Abtei schart, in dem der Dichtermönch Sajat-Novà dreißig Jahre lang gelebt hat.

Bis auf kleine Kreuze, die jeder Mönch in den Stein einritzte, um sich im Gebet davor zu sammeln, sind die verschiedenen Teile des Gebäudekomplexes schmucklos. Vom Leben des Dichtermönchs und von diesem alten Kloster handelt einer der drei Filme, die Agadschanian gedreht hat. Mir kamen wieder die Bilder des jungen Mönchs in den Sinn, der die Bücher aus der überschwemmten Bibliothek rettet, sie über Sprossenleitern auf die Dächer des Klosters trägt, um sie dort zum Trocknen in der Sonne auszubreiten.

»Hast du herausfinden können, an welcher Stelle er auf Knien liegend gewartet hat, daß die Buchseiten trocknen?«

»Ich vermute, auf der höchsten Stelle des Hofes.« Er zeigt auf einen Erdhügel hinter dem Refektorium.

Ich gehe zu dieser grünen Kuppe und setze mich ins Gras.

Unter mir bildeten die Dächer des Klosters ein verschachteltes Muster, aus den Fugen zwischen den rechteckigen, schwarzen Steinziegeln wuchsen kräftige Büschel Wildgräser hervor. Im Geist sah ich sie wieder: bedeckt mit großen, durchnäßten Büchern, deren Seiten aneinanderklebten. Auch Agadschanian kam und setzte sich neben mich.

»In meinem Film lag die Hauptfigur genau an der Stelle, auf der du sitzt.«

Ich legte mich hin und ließ meinen Blick über die Dächer des Klosters schweifen. Die von dem leichten Wind gewiegten Grasbüschel raschelten leise. Vielleicht haben die getrockneten Seiten, als sie sich nach zwei Tagen Sonne im Wind bewegten, auf ähnliche Weise geraschelt, bereit, von neuem zu den Menschen und den Dingen der Welt zu sprechen.

Ich stehe auf und lächle. Der Tag war ungewöhnlich klar, der Blick durchdrang flirrende Lichtschimmer, wie ich sie vom Kaspischen Meer kenne.

Agadschanian sagt, man könne das Kaspische Meer von hier aus nicht sehen. Ich aber sehe nicht nur das Meer, sondern auch die mit den Gittermasten der Bohrtürme übersäte Ebene. Ein zartes, kompliziertes Gespinst. War es vielleicht nur die Erinnerung, die in mir Bilder einer vergangenen Reise nach Bacu lebendig werden ließ?

Nach wenigen Kilometern Fahrt hält Agadschanian an, um von einem Lastwagenfahrer eine Kiste Pfirsiche zu kaufen. Vor der zugleich monströsen und bezaubernden Kulisse der Industrieanlage von Alaverdì, einem Wirrwar von Rohren, rauchenden Kaminschloten und riesigen, rostigen Serpentinen aß ich gleich mehrere hintereinander. Aus dieser geheimnisvoll faszinierenden Hölle gelangen wir zu der von Bäumen überragten Basilika von Sanain.

Agadschanian singt einen Psalm, um mich den Wohlklang des Gewölbes hören zu lassen, in dem die Feuchtigkeit wie bei alten Matratzen große Flecken hinterlassen hat. Dann zündet er eine Kerze an und klebt sie mit Wachs an eine Säule. Während wir auf der Wiese vor einem langen hölzernen Schuppen essen, geht langsam die Sonne unter. In Ermangelung von Gläsern trinken wir den Weißwein aus einer kleinen Aluminiumschüssel, die Agadschanian bei einer Alten in Akpat erstanden hat.

Auf der Rückfahrt tauchen die Scheinwerfer die Landschaft ausschnittweise in grelles Licht. Agadschanian erzählt, daß an stürmischen Tagen die Felsen voller Geräusche seien, aber alles regungslos scheine, weil nichts da ist, was aufgewirbelt werden oder sich bewegen könnte.

ZEHNTES KAPITEL

Nach einem Bad in schwefelhaltigem Wasser steigen wir über eine schmale Leiter in die Zweige eines großen, zu einer Art Herberge umgebauten Nußbaumes, um auszuruhen. Es regnet, und das von den Blättern herabtropfende Wasser läßt mich den Hund Bonapart wiedersehen, der auf der gefrorenen Neva mit allen Hunden von Petersburg streikt, wie es der Plan des Generals vorgesehen hat.

Auf der Straße nach Bakuriani, wenige Kilometer in Luftlinie von der Bibliotheks-Hütte auf dem Berg, der die nach Mangrelien hin abfallenden bewaldeten Hügel überragt, hielten wir bei einer Hütte, neben der zwei große gußeiserne Wasserkessel standen und etliche Stapel Holz aufgeschichtet waren. Der Wächter erbot sich, die Kessel mit Schwefelwasser zu füllen und machte gleich Feuer darunter. Seine Frau zeigte uns das mit rissigen Kacheln ausgekleidete Becken, in das sie uns nackt niederhocken hieß. Dann schüttete sie das warme Wasser über uns. Der ganze Holzverschlag verschwand im Dampf. Man hörte nur das Klatschen des Wassers auf unseren geröteten Rücken. Wir trockneten uns mit verschlissenen Tüchern ab, kaum angezogen, führte sie uns zum Ruheplatz. Auf einer schmalen, an einem riesigen Stamm lehnenden Leiter stiegen wir in das Geäst eines großen Baumes, der zu einer Art schwebender Herberge umgestaltet war.

Sämtliche mit alten Matratzen und Matten ausgelegten Hohlräume waren von unseren Vorgängern belegt. In der Mehrzahl Bauernfamilien, die haufenweise Töpfe mitgebracht hatten, mit denen sie sich das warme Wasser gegenseitig ohne die Hilfe des Wärters überschütten konnten. In der Baumkrone fanden wir Platz in einem kleinen, unregelmäßigen

Raum, in dem schon ein junger Aserbaidschaner lag und mit den Händen lästige Fliegen verscheuchte. Agadschanian bemerkte sofort, daß auf dem größten Ast mit einem Nagel ein kleines Kreuz eingeritzt war, was ihn an all das erinnerte, was er seit seiner frühen Jugend wußte. Endlich hatten wir eine der vielen Kathedralen aus Holz gefunden, welche die Eremiten, die während der türkischen Invasionen aus dem Kloster Nova Afon geflohen waren, errichtet hatten. Jeder Mönch wählte einen Nußbaum und bog und modellierte die Zweige so, daß übereinanderliegende Hohlräume entstanden, die innen mit Heu und Matten ausgepolstert wurden. Um die Zweige zu biegen, ließen sie monatelang große Steine an den Ästen hängen. Wenn ein Mönch sich zum großen Baum der endlosen Ruhe auf den Weg machte, führte sein Nachfolger dessen begonnene Arbeit weiter. Bis um die Jahrhundertwende sind von dieser kleinen, verstreuten Mönchsgemeinschaft nur mündliche Erzählungen überliefert worden. Auch die wenigen Gelehrten, die in die Berge kamen in der Absicht, den großen Baum ausfindig zu machen, auf den sich die Mönche wie alte Dickhäuter zum Sterben zurückzogen, konnten nur wenig in Erfahrung bringen. Das einzige schriftliche Dokument ist der Bericht eines armenischen Arztes, der den Augenzeugenbericht eines 1920 im Alter von hundertfünfundsechzig Jahren verstorbenen Alten wiedergibt, der bei einer Untersuchung zur Langlebigkeit im Kaukasus befragt worden war. In der langen Erzählung seines Lebens erwähnt der Alte, er habe eines Sommernachmittags einen Nußbaum entdeckt, groß wie ein Berg. Der Baum hatte sein pflanzliches Aussehen vollkommen verloren. Staubteilchen in der Luft, die lauen Regen, die den aus den türkischen Wüsten aufgewirbelten Sand mit sich führten, der Kot der Vögel, die sich im Herbst dort niederließen, hatten eine dicke, von weißlichen Adern durchzogene Kruste gebildet, die den Eindruck erweckte, man befinde sich am Fuß eines Felsens. Durch einen Riß war es ihm gelungen, ins Innere vorzudringen und die bis in die höchsten Äste sich überlagernden Räume zu besichtigen. Die Körper der Brüder waren in weiße Säcke gehüllt, einer neben dem anderen, einer über dem anderen, ein stiller Friedhof. Auf den noch vollständig konservierten Gesichtern lag ein Ausdruck heiteren Friedens. Gestützt auf die Angaben, die dem Bericht des armenischen Arztes zu entnehmen waren, versuchten bis 1930 mehrere Wissenschaftler, den Vertikalen Friedhof, wie er bis heute noch heißt, ausfindig zu machen. Das vielleicht nachhaltigste Interesse an dieser Suche war wissenschaftlicher Natur, denn man wollte herausfinden, womit die Mönche vor ihrem Tod ihren Körper salbten, so daß ihr Fleisch sich nicht zersetzte. Schließlich wurde alles Interesse im Schweigen erstickt und diese geheimnisvolle religiöse Gemeinschaft aus dem Gedächtnis der Menschen gelöscht.

Der neben uns liegende Aserbaidschaner hieß Faik. Klein, rötliches Haar, ein Auge leicht entzündet, von einem Zittern durchzuckt, wobei sich das Augenlid von der Nasenwurzel krampfhaft zur Schläfe hin spannte. Er berührte dieses Auge immer wieder mit seinem kurzen Zeigefinger, den er sonst auf die weit entlegenen Orte gerichtet hielt, in denen seine Erzählungen sich abspielten. Oft hämmerte er in der Luft herum, um seinen Angaben Nachdruck zu verleihen. Bis vor drei Jahren wohnte er in einem aus tausendvierhundert alten Eisenbahnwaggons bestehenden Lager in einer verlassenen Gegend von Sibirien, in der nach Erdöl gebohrt wurde. Mittlerweile hat sich dieses Provisorium zu einer modernen Stadt gewandelt. Früher aber erhob sich an einem zentralen Platz eine Müllhalde, auf der die Bewohner der Waggons ihre Abfälle abluden. Um diesen stinkenden Hügel herum, der zum Glück den größeren Teil des Jahres gefroren war, versammelten sich die Hunde der Siedlung, die aus Platzgründen nicht bei ihren Herrn in den zwei kleinen Zimmerchen der Waggons leben konnten. Von der Arbeit und vom Klima abgenutzte und veraltete Hubschrauber versorgten dieses Volk von tartarischen und aserbaidschanischen Arbeitern in den Weiten Sibiriens, die sich diesem wenige oder viele Jahre dauernden Aufenthalt freiwillig stellten, da er von der Regierung gut bezahlt war. Faik war der bekannteste Aserbaidschaner der ganzen Siedlung. Oft sah man ihn in Sonntagskleidung, zehn Flaschen französischen Cognac zwischen die Finger gekrallt, eine Packung Käse zwischen die Zähne geklemmt, aus dem Laden kommen.

Er stapfte in eleganter Haltung durch den Schlamm der Straße auf seinen Waggon zu, in dem gerade noch Platz war für ein Bett; der übrige Raum war mit leeren Flaschen angefüllt. Jetzt war er hier, um von seiner Alkoholsucht loszukommen. Seine Erzählung wurde ein leises Murmeln, vielleicht war ich es, der seiner Geschichte nicht mehr folgen konnte. Als ich aufwachte, hatte eine ungefähr vierzigjährige Frau seinen Platz eingenommen, eine schlanke Georgierin, die ihre Lippen über die vorstehenden Zähne gewölbt hielt. Die Haare fallen glatt hinab und kitzeln die Schultern. Eine georgische Frau zu beschreiben, scheint am Anfang die einfachste Sache der Welt, denn oft sind ihre Gesichtszüge stark ausgeprägt. Aber man läuft immer Gefahr, ein oberflächliches Portrait zu zeichnen. Die georgische Frau spielt das Spiel der Kurzsichtigkeit, das heißt sie hält ihre Augendeckel leicht gesenkt, um eine Distanz zu schaffen zwischen sich und den anderen, nicht eine Distanz von Metern, besser würde man sagen eine Distanz von Tagen oder Jahren, als ob die Frau sich nur mit Mühe an dich erinnern könnte, auch wenn ihr schon Eheleute seid. Einer ersten Begegnung mit einer georgischen Frau scheinen immer schon andere, vielleicht zufällige, flüchtige oder Begegnungen im Traum vorhergegangen zu sein, weshalb ihr dieses Spiel der Kurzsichtigkeit erlaubt, in der Erinnerung die ersten Bilder einer lange zurückliegenden Bekanntschaft wachzurufen. Sie führt einen langen Monolog.

»Ich bin in einer schlimmen seelischen Verfassung, seit Mikhail mich mit einer anderen betrogen hat … wenn man bedenkt, daß ich ihm neun Jahre lang zur Seite gestanden habe, mehr als eine Mutter … er war krank und ich pflegte ihn … eine schreckliche Nierenkrankheit … die Ärzte hatten alle Hoffnung aufgegeben, ich hingegen … eines nachts träume ich, in Tiflis einer Alten zu begegnen, die mir ein Blatt in die Hand drückt und sagt: ›Versuch, diese Blätter zu finden, und er wird gesund werden.‹ Damals lebte ich in Riga. Kaum, daß ich wach bin, zeichne ich das Blatt, das ich geträumt hatte. Ich gehe zu den Botanikern und Kräuterheilkundlern der Stadt, aber niemand kann es bestimmen, sie sagen, so eines gibt es nicht. Daraufhin fahre ich nach Tiflis, denn dort, hatte ich geträumt, war die Alte mit dem Blatt. Ich zeige vielen meine Zeichnung, aber auch hier mit spärlichem Erfolg, bis mir eines Morgens ein kurdischer Hirte sagt, daß diese Art Blätter an den Hängen des Kasbek wachsen. Ich mache mich zum Kasbek auf und finde endlich Büsche mit solchen Blättern.«

Sie reicht mir ein Blatt von der Art, die sie suchte, und fährt fort: »Ich pflücke einen Sack voll und kehre nach Riga zurück. Ein Monat später ist mein Mann gesund. Und wißt ihr, was er macht? Er spuckt mir in die Seele und haut mit einer anderen nach Ieroslav ab.«

Das Blatt, das sie mir gegeben hatte, hatte die Form einer Pyramide mit gerundeter Spitze. Groß wie eine Birne, gezackt, von silberschimmrig fauligem Grün. Leicht haarig beim Anfassen. Zerknittert und widerstandsfähig, bieg- und faltbar ohne zu zerreißen – wie ein alter Geldschein.

Das Gewitter fing an, als die Nacht schon fast vorbei war. Der Regen versetzte alle Zweige, die uns umschlangen, in Schwingung. Wir fühlten uns wie im Innern eines riesigen Instruments, dem in wildem Durcheinander immer feuchter und weicher werdende Knistergeräusche entstiegen. Oft übertönte das Prasseln des Regens alle anderen Geräusche, und da war auch noch das ununterbrochen hüpfende Fließen des Wassers auf der äußeren Hülle des Baumes. Ich verlor mich in der Weite des Pflanzengeruchs, den der Regen aus den alten, verkrümmten Hölzern und dem vertrockneten, staubigen Blattwerk aufsteigen ließ.

In der Hoffnung, den Regen lau zu spüren, streckte ich einen Arm in das Gewirr der Äste. Der Regen war aber nicht lau. Die Georgierin zündete eine Kerze an und lauschte dem Regen, bis es Tag wurde. Der Regen hörte auf, die Sonne erwärmte die Luft und sog die Feuchtigkeit aus den Hohlräumen auf, in denen die Badegäste untergebracht waren. Bald darauf begann es, aus den regennaßen Matten auf die darunter Liegenden herabzutropfen. Die meisten stiegen vom Baum herunter und rannten ins Freie. Das Getröpfel lauen Wassers wurde immer stärker. Die sonnengetränkten Blätter und die Matten, mit denen die Hohlräume ausgekleidet waren, hatten das Regenwasser offensichtlich erwärmt. Ich beschließe, zu bleiben. Es war sehr ähnlich dem Wasser, von dem ich mich auf dem Deck der »Admiral Nakimov« hatte naßregnen lassen.

Mit geschlossenen Augen bleibe ich eine Weile sitzen und warte darauf, daß der Zauber der Luftspiegelung sich wieder einstelle. Als die dicken, aber spärlichen Tropfen durch die Kleidung bis auf die Haut dringen, öffne ich sie wieder. Die grüne, neblige Luft, die mich einhüllt, verwischt langsam die Konturen meiner schützenden Herberge und beginnt, wie elektrisiert zu zittern, wodurch vor meinen Augen ein unwirklich farbiger Schleier entsteht.

Wie im Traum verdichten sich die umherirrenden Schatten zu soliden Gebäuden entlang der Neva, wo unter dem Winterpalast die auf dem gefrorenen Fluß zusammengedrängten Hunde von Petersburg streikten ...

ELFTES KAPITEL

Der Zar hat Mitleid und geht auf die Forderung der Hunde ein. Bonapart kehrt nach Hause zurück und darf sich zum ersten Mal vor dem General auf dem Diwan ausstrecken. Agadschanian verabschiedet sich von mir, ich mache mich alleine auf die Suche nach dem berühmten Vertikalen Friedhof, wohin sich die aus dem Kloster Nova Afon geflüchteten Mönche zum Sterben zurückzogen.

Am Rand des großen Haufens wechseln sich die Hunde ab, denn dort bläst der Wind eisig gegen die pelzigen Körper, die sich ihm in den Weg stellen. Die Qual ist nur wenige Minuten zu ertragen. In kurzen Abständen muß die vordere Reihe von der dahinter stehenden abgelöst werden. Im Ablauf einer Stunde ist jeder Hund, der in der äußeren Reihe gestanden hat, in der Mitte der großen Versammlung, wo die Kälte erträglich ist und man sogar kurze Zeit die Augen schließen und ausruhen kann. Aber auch dort kriecht die Eiseskälte von den Füßen hoch. Während seiner Ruhepause in der Mitte der großen Hundeversammlung steht Bonapart hinter einem langpelzigen Hund, wahrscheinlich einem afghanischen Windhund und tut so, als lehne er seine Schnauze an dessen Schenkel, in Wirklichkeit aber reißt er ihm büschelweise Haare aus, die er unter seine halb erfrorenen Pfoten legt. Der Afghane, der sich wegen des Gedränges nicht umdrehen und angemessen protestieren kann, beginnt mit den Hinterpfoten Hiebe zu versetzen, denen allerdings mangels Platz die nötige Kraft fehlt. Anderen Hunden geht es ähnlich. Die ganz kleinen legen sich über die Füße der größeren und wärmen ihre Beschützer und sich selbst, weil sie nicht auf dem Eis stehen müssen.

Die Hundebesitzer drängen sich an den Ufern und auf den Brücken der Neva. Es sind Berater am Hof, Sekretäre, Inspektoren, Zigeuner, Adlige. Unter ihnen befindet sich auch der große Maler Fedotov. Er ruft seinen kleinen Mischling, der ihm gerade für ein Bild posiert. Die seit Stunden andauernden Lockrufe, die Aufforderungen, unverzüglich nach Hause zu kommen, die heftigen Beschimpfungen, die Drohungen und Beleidigungen wandeln sich zu bestürzter Erwartung. Hier und da hat man Feuer angezündet, nach und nach kommt Leben in die Versammlung im Freien, sehr zur Freude der jungen Adligen, die sich bei Einbruch der Nacht in die eine oder andere Kutsche zurückziehen, bis warme Luft und der Duft von Brot aus den Öfen steigt. Der im Exil lebende georgische Prinz, Eigentümer der Afghanen, hat ein großes Militärzelt aufschlagen lassen mit einem Ofen in der Mitte, den man aus seiner Wohnung geholt hat. Die deutschen Handwerker in ihren langen blauen Überröcken betrinken sich und fangen gegen Mitternacht zu singen an. Die Hunde antworten auf diese Chöre mit jammerndem Gejaule, was ihnen hilft, Kälte und Langeweile besser zu ertragen.

Der General hat sich in sein Haus zurückgezogen und überwacht den Verlauf der Revolte mit seinem Fernrohr. Jetzt, wo alles wie geplant verläuft, wartet auch er darauf, daß der Zar sich zu einer Geste entschließe und über das Schicksal der vielen Hunde entscheide, die sich für die Freilassung der Vögel einsetzten. In der Mitte der gefrorenen Neva tastet sich unterdessen ein Blinder voran, indem er mit seinem Stock auf das Eis schlägt und sich am Gebell der vor dem Winterpalast zusammengedrängten Hunde orientiert. Wenn er sich in der Ecke seines Kellerlochs unweit der Moschee zum Schlafen hinlegt, dient ihm sein gefütterter Mantel auch als Decke. Er geht die Neva entlang, um seinen Hund zu rufen, ohne den er nicht leben kann. Ungefähr zehn Meter vor der Hundeschar bleibt er stehen und fängt an, mit heiserem, gedehntem O Jago zu rufen. Dieser Klageschrei zerreißt die Stille und läßt Menschen und Tiere erschaudern. Dann wird es wieder still, die Luft vibriert nicht mehr von dieser Stimme, sie hallt nur mehr in den flachen Windungen des eisigen Windes nach. Schließlich gerät in der Mitte Bewegung in die Menge der Hunde, das Knäuel öffnet sich und ein großer schwarzer Hund mit Flecken von weißlichem, herabhängendem Fell wird nach außen gedrängt. Jago versteht, daß er sich aus dem Kampf zurückziehen kann. Er bewegt sich langsam, gefolgt von der gerührten Aufmerksamkeit der an den Ufern der Neva versammelten Menschen. Er geht zu dem alten Blinden, der sofort die Leine nimmt und sich auf dem gefrorenen Fluß entfernt.

Der Zar, den der Lärm und das fröstelnde Bellen der Hunde nicht haben schlafen lassen, hatte der Palastwache am ersten Tag angeordnet, einige Schüsse in die Luft abzugeben, um zu sehen, ob sich die Tiere einschüchtern ließen. Aber nichts geschah. Jetzt behielt er die Situation im Auge und schaute immer wieder aus einem der Fenster, die auf den Fluß zeigten, was die Untergebenen mit Applaus, die Hunde mit aufgebrachtem Gebell quittierten. Er unterzeichnete daher ohne zu zögern die vom Premierminister überbrachte Proklamation, in der Sorge, das nahende Tauwetter werde die Eisdecke von einem Moment zum anderen brüchig machen. Alle Bewohner von Petersburg wurden angewiesen, sämtliche Vogelkäfige, sofern sie welche besaßen, zum Fluß zu bringen, wo sie nach der Freilassung der Vögel zerstört werden sollten.

Die Nachricht verbreitete sich im Handumdrehen bis nach Sibirien, und aus allen Teilen des großen Rußland kamen Vögel angeflogen, sogar der einzelgängerische Storch, um das Ereignis zu feiern. Scharenweise hocken sie auf den Rändern der Kamine und bilden dunkle Verkrustungen entlang der

Simse und auf den Dachspitzen der Paläste. Sie recken ihre Hälse, um die riesige, mit Käfigen bedeckte Fläche auf dem Fluß und die Befreiung der Vögel, die wie Bombensplitter in den Himmel aufsteigen, besser verfolgen zu können. Unverzüglich löst sich die Hundeversammlung auf, und alle rennen heimwärts. Der einzige Vogel, der noch in seinem Käfig eingesperrt wieder zurückgebracht wird, ist der Papagei des Zaren. Er hatte sich geweigert, den Käfig zu verlassen. Das alte Federvieh hatte schon Katharina der Zweiten gehört, dann Paul dem Ersten, den drei Alexandern und schließlich Nikolaus dem Zweiten. Der Vogel zog es vor, in Gefangenschaft zu leben. Der Historiker Eidelmann berichtet: »Zu Beginn des Jahres 1918, als eine Abteilung der Roten Garde begann, die Paläste und Villen der Petersburger Aristokratie zu perquisieren, wurden die Soldaten im Palast der Prinzen Saltikov von einer alten adligen Dame empfangen, die schlecht russisch sprach und geistig verwirrt zu sein schien. Glücklicherweise entstammte der Kommandant des Trupps der gebildeten Schicht und konnte der Alten in gutem Französisch kundtun: ›Madame! Im Namen der Revolution sind die in Ihrem Besitz befindlichen Wertgegenstände beschlagnahmt und gelten von diesem Augenblick an als Eigentum des Volkes.‹ Die Alte übergab ihnen sehr viel Schmuck, viele Kunstwerke und einen Käfig mit einem großen, uralten, spärlich befiederten Papagei. Es war eben jener Papagei. Bevor er sich zu sterben entschloß, lebte er noch ein Jahr lang in den Händen der Kommunisten.«

Als Bonapart zu Hause ankam, empfing ihn der General mit Tränen in den Augen. Als er merkte, daß der Hund in einer unterwürfigen Stellung verharrte, beeilte er sich, ihm zu sagen, er solle es sich bequem machen und die warme Suppe essen, die er ihm gekocht hatte. Bonapart versenkte seine Schnauze in die dickflüssige Brühe und tauchte wenig später wieder aus der blankgeleckten Schüssel auf.

»Jetzt kannst du dich auf dem Sofa ausstrecken«, sagte der General zu ihm. Der Hund gehorchte zufrieden, fragte aber gleich:

»General! Habt Ihr gesehen, wieviele Vögel sich in Petersburg versammelt haben?«

»Ich habe sie von der Terrasse aus gesehen.«

»Auch die Wasserläufer von der Halbinsel Tschuktschi waren da.«

»Wie kommt es, daß du sie kennst?«

»Ihr müßt wissen, mein General, daß ich vor meiner Adjutantenzeit mit einem Alten in den sibirischen Sümpfen auf die Jagd gegangen bin.«

»Und welche anderen Vögel hast du wiedererkannt?«

»Alle.«

»Alle sind ein wenig zu viele. Nenne mir ein paar.«

»Da waren die Eistaucher, die im Süden überwintert haben, die Pelikane vom Schwarzen Meer, die Zwergrohrdrommel mit den grünen Füssen von der Insel Sachalin, ein Wildschwan, die Krickenten. Es soll auch ein Königsadler aus dem Himalaya da gewesen sein.«

Da er bei der Aufzählung dieser Namen ins Keuchen kam, schob der General sein schmerzendes Knie an sein Maul heran, um sich den warmen Atem darauf blasen zu lassen.

»Wer hat behauptet, er komme vom Himalaya?« fragte er ihn, damit er weiterspräche.

»Ein Afghane, der diese Vögel gut kennt.«

»Und weiter?

»Und weiter tausende und abertausende aller Arten von Vögeln, wie man sie auch in den Parks antrifft.«

»Atme mir aufs Knie und zähle mir alle Vogelnamen auf, die du willst.«

Bonapart atmete tief ein und ratterte eine Menge Namen herunter, als stecke er sie wie Würste auf einen Spieß.

»Eule, Rebhuhn, Möwe, Specht, Taube, Steinkauz, Spatz, Schwalbe, Wiedehopf, Turteltaube, Lerche, Amsel, Krähe, Rabe, Drossel, Buchfink, Wiesenpieper, Rotkehlchen.« Er hatte diese Namen mit angehaltenem Atem hervorgestoßen und ließ jetzt einen Schwall warmer Luft auf das Knie ausströmen. Dann streckte er sich ganz auf dem Sofa aus und wurde schläfrig. Er schlief aber nicht, sondern fragte mit geschlossenen Augen: »Mein General, was könnten wir für die Pferde tun?«

Der alte Soldat, der in seinen Gedanken schon ganz woanders war, gab keine Antwort. Er stand auf und ging mit der Uhr in der Hand zum Fenster. Der Hund wußte sofort, daß die Zeit des Eisbruchs gekommen war. Sie gingen auf die Terrasse hinaus und im selben Augenblick wölbte sich die Eisdecke der Kleinen Neva in der Mitte auf. Die Luft war voller Geknister wie auf einem Schiff bei leichtem Seegang. Dann zerbrach die Eisdecke in tausend Stücke, und vor den Augen des Generals und seines Hundeadjutanten wurde der Fluß endlich wieder zu etwas Fließendem. Vereinzelt schwebten Federn und Daunen am Himmel.

Als wir unter dem großen Nußbaum stehen, bereit, nach Tiflis zurückzukehren und unseren langen Streifzug durch Georgien zu beenden, packt mich eine große Unruhe und Unentschlossenheit. Ich kann noch nicht abreisen, kann die vielen Fäden, denen ich bis zu diesem Moment gefolgt bin, nicht plötzlich abreißen.

»Ich bleibe hier«, sage ich mit gerührter, aber fester Stimme zu Agadschanian. Er unternimmt nicht einmal den Versuch, mich zur Abreise zu überreden. Auf dem Trittbrett des Busses sitzend, wartet er, daß ich meine Entscheidung noch einmal überdenke. Dann steigt er ein, schaltet den Motor an und fährt los, wohl immer noch darauf hoffend, daß ich ihn zurückwinke.

Erst lange Zeit später stehe ich von der Bank, auf die ich mich gesetzt hatte, wieder auf. Ich will mich auf die Suche nach dem Vertikalen Friedhof machen.

Ich schlage den Weg ein, der sich auf die Kuppe eines mit hundertjährigen Bäumen bewachsenen Berges hinaufschlängelt. Die Lockrufe der Vögel sind unterdrückte Schreie, gedämpftes Zirpen von Riesenheuschrecken, sind Steine, die über Metallplatten rollen. Dennoch haben die Vögel, wenn sie in niederem Flug die Wege kreuzen, das zerbrechliche Aussehen und die Eleganz der Damen vergangener Jahrhunderte. Ich komme auf eine weit ausladende Hochebene mit einem darüber hingestreuten Dorf. Die auf Hockern neben Töpfe hingekauerten Frauen und Männer lehnen mit ihren Köpfen an den Wänden alter, windschiefer Hütten. Sie sind anders, nicht wegen ihrer Kleider, sondern weil sie andere Gedanken denken. Die verstreut stehenden Häuser lassen ihren Bewohnern noch das Vergnügen, eigenhändig Feuer anzuzünden. Die krummen hölzernen Zäune entlang der Gäßchen aus gestampfter Erde sind nicht mehr dazu da, einen Besitz zu verteidigen, vielmehr wollen sie ihn eingrenzen, schützen, als wären sie Hände, die einen Raum zusammenhalten. Unverhofft steigt das Gelände wieder an zu kahlen Anhöhen. Ich nähere mich kleinen Felsenkuppen und klopfe mit einem Stein darauf, um zu hören, ob sie von innen widerhallen. Die geheime Hoffnung, neben dem Körper des Mönchs Rosati auch den des Generals und seines Hundes Bonapart zu finden, die von derselben Neugier getrieben hierher gekommen sind, läßt mich nicht los. Ich frage mich, ob ich, wenn ich den großen Nußbaum würde gefunden haben, nicht versucht wäre, alles und alle aufzugeben und ein kontemplatives Leben zu beginnen. Die Frage stellt sich mir, weil ich mich immer öfter dabei überrasche, wie ich Stunde um Stunde in das von Schweigen erfüllte Tal hinabschaue, als wäre ich selbst dieses Schweigen.

ZWÖLFTES KAPITEL

Ich kehre nach Italien zurück, geplagt von Schnaken, die mein Abteil im Schlafwagen in Beschlag genommen haben. An der ukrainischen Grenze sehe ich ein Monument für den Weizen, in das sich ein tartarischer Ganove geflüchtet hatte.

30. September. Abfahrt von Tiflis im Schlafwagen, nachmittags um vier Uhr. Agadschanian kommt im letzten Moment und reicht mir durch das Abteilfenster einen Strauch Zweige mit roten Blättern, eine Mappe mit einer seiner Collagen und andere Dinge. Er hält meine Hand gefaßt und will nicht, daß der Zug abfährt. Er küßt meine Fingerspitzen. Als der Bahnhof sich dem Blick entzieht, der Zug sich entfernt, kehre ich in das Abteil zurück. Auf der Liege ausgestreckt, betrachte ich das rote Büschel, das auf dem Boden liegt. Ich richte mich auf, um es in der oberen Nische, die für die Koffer bestimmt ist, unterzubringen, verlasse das Abteil und ruhe mich auf dem Klappsitz im Korridor aus. Aus dem Deckengitter regnet die arabische Klage eines aserbaidschanischen Sängers. Einzelheiten kommen mir wieder in den Sinn, denen ich dem Anschein nach keine Beachtung geschenkt hatte. Agadschanians dunkle, von einem helleren Streifen durchzogene Hose, die Nähte in Kniehöhe aufgetrennt, so daß die Haut durchschimmerte. Seine leicht breitbeinige Gangart. Seine lockigen Haare, weißlich am Hals, immer schütterer an Stirn und Schläfen, die glänzenden, vor melancholischer Ironie blitzenden Augen, seine feuchten Küsse auf die Wangen beim abendlichen Gruß.

Thermalbadatmosphäre auf allen georgischen Bahnhöfen am Schwarzen Meer, besonders in Nova Afon. Der Rundbau in blaues Licht getaucht, das die auf den Zug Wartenden umhüllt. Sich schlängelnde, durch wucherndes Gesträuch erschwerte Wege führen ans Meer. Dann verläßt der Zug das Meer und an den Augen ziehen alte Landgüter mit vom Wind gebogenen Pappeln vorüber. Die Straßen in den Dörfern sind menschenleer, nur Schweine laufen darauf herum mit dreigezackten Kragen aus Holz um den Hals, die es ihnen erschweren sollen, durch die Heckenzäune in die Gärten zu dringen. Da und dort steht einsam ein Mann an ein Gatter gelehnt und hält eine Gans im Auge, die ich noch im Abendlicht erkennen kann.

In der Nacht, als der Zug die Grenze zwischen der Krim und der Ukraine passierte, habe ich nach dem riesigen, fünfzehn Meter hohen ›Monument für das Getreide‹ Ausschau gehalten. Die Stengel und Ähren sind aus geschweißten Blechplatten geformt. Von Zeit zu Zeit sorgt ein großer Kranwagen dafür, daß es mit Goldfarbe neu bestrichen wird. Die Ährennadeln sind verrostet, denn auch die mit Farbsprühern aufgetragene Farbe bleibt nicht an ihnen haften. Das Denkmal steht an einer mit großen Schlaglöchern übersäten Straße, welche sich im Winter mit Wasser füllen. Der Wind rüttelt an den Spitzen der Ähren und trägt manchmal tosenden Lärm wie von Gewitter in die Steppe. Die Lastwagen, die vollbeladen mit Wassermelonen aus der Krim kommen, orientieren sich an ihm. Auch die mit leeren Flaschen beladenen aus der Ukraine. In der schlechten Jahreszeit ist das starke Gerüttel der Kisten auf der von unablässigem Verkehr übel zugerichteten Straße Ursache dafür, daß Melonen in die Wasserpfützen fallen oder Wasserflaschen mit dumpfem Schlag am Boden zerschellen. Die Straße vor dem Monument ist voll von Glassplittern und zerborstenen Melonen. Über dieses riesige Denkmal hat Agadschanian ein Drehbuch geschrieben; er hat mir davon erzählt.

1. Oktober. Um sieben Uhr morgens ist bereits die ukrainische Ebene am Horizont erschienen, ihre schwarze Erde und

Haufen gelben Strohs, auf die eben die Sonne fiel. Gelbe Kirschen, Gurken und Sonnenblumenkerne füllen den Korb der Frau am Bahnhof von Jelovskaja. Celentanos Stimme schwitzt aus den Lautsprechern, rieselt auf die Reisenden nieder und zieht auch die still den Zug anglotzenden Kühe in ihren Bann. Pyramidenartige Berge von Kohle, in die der Regen von der Spitze bis zum Boden unregelmäßige Rinnen gegraben hat. Verdorrte Graspfade führen zu den unter Obstbäumen hinter den letzten Datschen versteckten Friedhöfen. Ein paar alte Frauen hocken, Häufchen verwaschener Wäsche ähnlich, auf den Bänken vor dem Haus, neben ihnen der Mann in blauer Arbeitsjacke. Die ausgedehnten Schilfrohrpflanzungen entlang des Donec, wozu wird man sie wohl gebrauchen, wo jetzt alle Hausdächer mit Eternit gedeckt sind? Wir halten auf dem Streckenabschnitt, auf dem der Bahnhof von Timoschevskaja entstehen soll. Bauern mit Eimern voller Gurken laufen der sandigen Böschung entlang neben dem Zug her. Einige halten geräucherte Fische an der Schwanzflosse in die Höhe. In kurzer Zeit ist der Handel abgewickelt. Reisende und Bauern sitzen auf großen Zementblöcken und tauschen Neuigkeiten aus. Über allem liegt klares, schattenloses Licht. In der Ferne halten kleine Fabriken Rauchsäulen am Leben, die lautlos aus den hohen Schloten aufsteigen. Jemand hat sich auf dem Gras ausgestreckt und beobachtet die Fahrgäste, die in den Abteilen des langen Zuges sitzengeblieben sind. Junge Burschen und Mädchen tauschen lautlose Botschaften aus. Die Zärtlichkeit von Augen, die sich vielleicht nie wiedersehen werden. Auch ich schaue seit geraumer Zeit eine junge Tartarin an, die vor einem zirka dreißigjährigen Mann auf einem Stein sitzt und Kirschen ißt, die ihr der Mann reicht, eine nach der anderen, diese liebevolle Geste langehin wiederholend. Mit der Beharrlichkeit, die verzweifelten, nicht mehr zulässigen Begegnungen eigen ist, tasten sich die Augen des Mädchens die rechte

Schulter des Mannes entlang bis zu mir. Als der Zug sich in Bewegung setzt, lächeln wir uns zu. Jetzt wieder Flachland so weit das Auge reicht, schwarze, frisch umgepflügte Erde, betupft mit weißen Vögeln, einem herabgefallenen Sternenhimmel ähnlich. Am Bahnhof von Rostov tragen die ukrainischen Frauen glänzende Lederschuhe. Der Don schimmert durch die Schilfrohrfelder. Auf schwarzen Schlauchbooten vereinzelte Fischer. Agadschanian liebt die Ukraine, wo die Frauen im Mondlicht Baumwollblusen besticken. In einem kleinen Friedhof habe ich eine mit weißem Purpurin bestrichene Statue erkennen können. Dörfer mit reinlichen Häusern mitten in Gärten, in denen gelbe und graue Melonen wie Straußeneier verstreut herumliegen. Auch in diesen, wie in den staubigeren Feldern Georgiens, warten Bauern an den Straßenkreuzungen auf die altersschwachen Busse. Die großen Gebäude aus Zement sind staatliche Erzeugerbetriebe. In der Erinnerung sehe ich das Denkmal an der Grenze zwischen der Krim und der Ukraine wieder, das eine riesige Getreidegarbe darstellt. Ein Ganove flieht eines Tages aus einem Gefängnis und schlägt sich durch bis in die Krim, in der Hoffnung, bei einer befreundeten Familie unterzukommen. Aber die Familie war nach Sibirien ausgewandert und die alten Freunde schlagen ihm die Tür vor der Nase zu. Nach tagelangem Umherirren findet der Flüchtige schließlich in diesem Denkmal Unterschlupf. Ein Spalt am unteren Ende des großen Halmenbüschels läßt ihn in eine ziemlich geräumige Höhle gelangen, deren Wände mit Schweißnähten überkrustet sind. Die Lastwagen kommen und gehen, verlieren wegen der Erschütterungen Melonen und Flaschen. Der Häftling ernährt sich von dem, was die Lastwagen verlieren. Eines Tages sieht er eine Ziege, eine abgerissene Schnur um den Hals, mit der sie an einem Zaun festgebunden war. Es gelingt ihm, das Tier in das Innere seiner Garbe zu locken. Wenn ihm kalt ist, klammert er sich an die Ziege, deren Milch er jeden Morgen in eine Flasche rinnen läßt. So lebt er dahin. Manchmal sieht er von den Schlitzen am Fuß des Denkmals die Lastwagen vorbeifahren und mehr als einmal hat er das unbestimmte Gefühl, von einem auf der Ladefläche stehenden Soldaten gesehen zu werden. Eines Nachmittags sieht er, wie eine Bäuerin, eine Schnur in der Hand, sich dem Denkmal nähert. Er versucht, das Meckern der Ziege zu ersticken, die die Gegenwart der Frau zu spüren scheint. Umsonst. Die Bäuerin zwängt sich durch den Spalt und gelangt in die Höhle. Endlich hat sie ihre Ziege wieder, die ihr vor einigen Tagen abgehauen war. Schließlich bleibt auch sie da, denn sie verliebt sich in den Mann. Fortan sorgt die Frau für den Unterhalt des Geliebten und den der Ziege. Jeden Morgen verläßt sie das Denkmal und kehrt abends bei Dunkelheit mit Brot, Obst und rohem Fleisch zurück. Sie gewöhnt sich auch an die Vibrationen der verrosteten Ährennadeln. Über das Heu und Stroh, das dem Häftling als Schlafstatt diente, breitet sie eines Abends einen alten Teppich und an die blechernen Zacken der Schweißnähte hängt sie ein paar Töpfe und sogar einen Spiegel. Am Tag dringt das Licht von unten her bis in die oberen Hohlräume der Getreidegarbe. Nachts zünden sie eine Kerze an. Manchmal gehen sie bei Dunkelheit hinaus, um sich die Beine zu vertreten.

Ich merke, daß das Abteil voller Schnaken ist. Mehrere Male knipse ich schlagartig das Licht an, stehe auf und beginne, sie an die Wände und die niedere Decke zu quetschen, wofür ich das Buch über Zen von Alam W. Wats zu Hilfe nehme. Der hintere Buchdeckel füllt sich mit Blutflecken. Ich schlage um mich bis drei Uhr morgens, um das Jucken nicht zu spüren. Mit einem starken Schlafmittel schlafe ich ein.

3. Oktober. Um die Mittagszeit stehe ich auf und versuche, mit warmem Tee, den die Abteilwärterin gebracht hat, die

Blutflecken an den Wänden des Abteils wegzuwischen. Einige übermale ich weiß mit Jaxonkreide, mit der ich manchmal Stilleben kritzle. Ich gehe auf den Korridor und rede mit der Wärterin über Schnaken. Die Frau vermutet, daß sie aus Agadschanians großem Rotblätterbusch kommen. Ich schleudere den Busch aus dem Abteilfenster. Jetzt, wo es hell ist, laß ich mich wieder aufs Bett fallen, um auszuruhen. Ich denke an die Geschichte des Flüchtlings, der Ziege und der Bäuerin, die im Inneren der Garbe leben. Nach einer Zeit des Glücks bemerkt die Bäuerin eines Abends, als sie von der Feldarbeit zurückkehrt, daß neben dem Denkmal der Lastwagen mit dem Kran steht, mit dessen Hilfe der neue Anstrich angebracht wird.

Die Maler schütten kübelweise goldfarbenes Purpurin über die Garbe. Die Bäuerin bleibt in sicherer Entfernung, bis es dunkel wird. Plötzlich sieht sie blaue Funken im Dunkel der Nacht. Arbeiter schweißen das Blech an den Stellen, wo es sich am Fuß des Denkmals geöffnet hat. Als die Arbeiter weggefahren sind und vollkommene Stille eingekehrt ist, nähert sie sich dem Denkmal. Ihre Hände suchen den Spalt, um ins Innere zu gelangen. Sie hämmert mit den Fäusten auf das Blech, um dem Gefangenen anzuzeigen, daß sie da ist, aber niemand antwortet auf diese Signale. Vielleicht stockt sogar der Ziege noch der Atem vor Angst. Alles umsonst. Sie schlägt ihre farbtriefenden Hände vors Gesicht. Unterdessen holpern die melonenbeladenen Lastwagen über die tiefen Schlaglöcher. Einige Wassermelonen fallen in die Pfützen, andere zerbersten auf dem trockenen, harten Boden. Die Straße färbt sich rot. Sie preßt die Hände auf ihren im fünften Monat schwangeren Leib und geht, ihre Verzweiflung hinausschreiend, irrend umher.

ROMAGNA IN GEORGIEN

In der Nacht zu seinem siebzigsten Geburtstag unterbrach die staatliche Rundfunkanstalt in Moskau ihre Programme, um Tonino zu seinem Fest zu gratulieren, erzählte mir Lora, Tonino Guerras russische Frau. Der größte Teil seiner Gedichte, Erzählungen und Romane ist ins Russische übersetzt, der Dichter und Schriftsteller Guerra ebenso bekannt und beliebt wie der Autor von Filmsujets.

Auch in seiner romagnolischen Heimat, im altrosafarbenen Haus auf dem Fels von Pennabilli, ist die ›Russia‹ allgegenwärtig: farbenprächtige Teppiche schmücken Wände und Sitzgelegenheiten, alte Handwerkskunst, aus den russischen Provinzen, aus der Romagna oder anderen Regionen Italiens, aus der eigenen Werkstatt scheint in dem pittoresken Durcheinander auf Tischen, Kommoden, auf dem Boden zwischen Stapeln von Büchern und überquellenden Mappen in ein angeregtes Gespräch vertieft; goldene Steinchen blinken im Mosaik, das den Kachelofen ziert, ein Hauch Orient strahlt aus dem goldgeäderten Türkis eines aus alten Brettern gezimmerten ›unpraktischen Möbelstücks‹.

In dem großen, verwinkelten Mandelhain hinterm Haus gibt es einen stillen Ort, eine große Volière mit einladenden Korbsesseln, Guerras Lieblingsplatz. Von hier aus verabschiedet er mit der untergehenden Sonne auch den zur Neige gehenden Tag. Die ›Poetischen Orte‹ in Pennabilli, die von der Natur geschenkten, von der weisen Ehrfurcht vieler Generationen von Bauern erhaltenen und gepflegten, die von Guerra geschaffenen: Der ›Garten der vergessenen Früchte‹, die ›Straße der Sonnenuhren‹, der ›Wallfahrtsort der Gedanken‹: »Sieben geheimnisvolle Steine / sieben blinde Spiegel für den Geist / sieben stumme Beichtväter / warten auf deine guten

Worte, auf deine schlechten Worte«: Orte, die allen unseren Sinnen Nahrung geben, Symbiose von Orient und Okzident.

Loras Moskauer Wohnung ist ein Refugium, ein sicherer Unterschlupf für den ›Vecchio con un piede in Oriente‹, wie Guerra seinen Erzählband von 1990 symptomatisch betitelt hat (deutsch: *Staubwirbel. Geschichten für eine ruhige Nacht*, enthält auch den Band *Il polverone* (1978), Klöpfer & Meyer 1996, zweite, überarbeitete Auflage 1997). Ohne die regelmäßigen längeren Aufenthalte in Rußland und die Reisen durch dieses Land würde seinem Leben der magische Gegenpol fehlen. In der allerersten Zeit, als er wenig Russisch verstand und noch weniger sprach, hat Guerra begonnen – aus Verzweiflung, wie er sagt – mit Jaxon-Kreiden zu malen. Kleine, naiv anmutende Stilleben sind entstanden, Flaschen mit darin gefangenen Vögeln, Vogelbauer, Enten, ganze Zyklen kleiner Haiku in Pastell.

Im Laufe vieler Jahre hat diese italienisch-russische Begegnung Früchte getragen, einzigartige Werke sind daraus hervorgegangen; der Film *Nostalghia* mit dem Freund Andrej Tarkovskij nach einem gemeinsamen Drehbuch, in neuester Zeit die wunderbaren Animationsfilme von Andrej Khrjanovski *Il leone della barba bianca* (1995) und *Il lungo viaggio* (1996), der auf der Grundlage von Fellinis Filmskizzen seine Filme zu neuem Leben erweckt. Auch Guerras ›russische‹ oder besser: ›russisch-orientalische‹ Erzählungen sind Kristallisationspunkte dieses Austausches.

Es wundert also nicht, daß Tonino Guerra, dessen Verwurzelung mit seiner geographischen Herkunft am stärksten und unmittelbarsten in seiner Dichtung hörbar wird, für die ihm der Dialekt, das Romagnolo von Santarcangelo di Romagna, ein unerschöpflich scheinendes Reservoir bereitstellt, daß dieser Dichter über die entlegensten Regionen Rußlands, Georgien und Armenien, schreibt. Sie sind mit ihrer widerständischen christlichen Kultur, dem warmen Klima, den bäuerlichen Traditionen dem Mediterranen nicht allzu fremd. Ossip Mandelstam verbindet diese beiden Länder mit Italien zu einem mythisch erweiterten Mittelmeerraum: »In ein weites und brüderliches Azur verschmelzen wir dieses Blau und unsere Schwarzerde.« Guerra antwortet vom anderen Ufer her. Nicht wesentlich Fremdes findet er im Kaukasus, sondern, wie mir scheinen will, eine Romagna, eine Lebensweise, vielleicht auch eine Denkart, die heute in der Romagna selbst immer weniger anzutreffen ist; daher rührt das Gefühl, die Zeit zurückdrehen zu können, die Luft seiner Kinderzeit wieder zu atmen. Intensität und Begeisterung kennzeichnen die Haltung, mit der jedes Gesicht, jeder Ort, jede Geste angeschaut und schreibend aufbewahrt wird. Während der ganzen Reise ist ihm »das Auge ein Instrument des Denkens« (Mandelstam). Im siebten Kapitel heißt es: »Mir ist, als entdeckte ich nicht Orte, die ich nicht kannte, sondern als besichtige ich die Zeit.«

Lauer Regen, Aufzeichnungen einer Reise, real, imaginär, surreal, ist ein Prosaband, in Italien 1984 beim Verlag Rusconi erschienen und im selben Jahr mit dem Comisso-Preis ausgezeichnet, der Tonino Guerra besonders am Herzen liegt. Es ist eine Hommage an seine ›anima gemella‹, den georgisch-armenischen Filmemacher Sergej Paradschanow und an ›alle georgischen Freunde und ihr schönes Land‹, denen dieses Buch gewidmet ist.

Der eigentliche Hauptakteur dieser Erzählung ist die Phantasie, und sie hat leichtes Spiel: der Köder in Mischas Händen, seine Aufzeichnungen über den seltsamen General und seinen Hundeadjutanten, ist stark genug, daß der Erzähler, der uns mit den verschmitzten Augen von Tonino Guerra zuzwinkert, diesen Ariadnefaden aufnimmt. Er wird zum roten Faden nicht nur der Geschichte, sondern auch der Reise, die durch ihn auf nicht vorhersehbare Neben- und Umwege geführt wird. Aus dem einen Faden wird schnell ein Fadengespinst, ein locker gewirktes Gewebe aus historischen Fakten und Namen, Legenden und Orten. Wir begegnen vielen Menschen, sei es für die Dauer einer Tasse Tee, sei es für die einer längeren, orientalischen Gepflogenheiten gemäßeren Gastlichkeit; uns öffnen sich verschlossene Türen, verschlossene Innenräume.

Und immer kehren wir nach diesen Exkursionen zu ›unserem‹ General und seinem Hund zurück, deren Geschichte an Kontur gewinnt. Wir verfolgen, wie mit Hilfe der Einbildungskraft und im Glauben an die Realität des Imaginären aus einer vagen Skizze eine Figur entsteht, in der sich historische, phantastisch anmutende Fakten und der Phantasie entsprungene, historisch plausible Ereignisse überschneiden.

Tiflis und Georgien schließlich sind Herzland. Hier sind zwei Menschen unterwegs: Tonino Guerra und sein Freund Agadschanian, der im georgischen Tiflis lebende Sergej Paradschanow ist gemeint, zwei Brüder ›a inseguire le nuvole‹; wie in Guerras großem Poem *Il miele* (1981), der Geschichte zweier Brüder, wie in *Il viaggio* (1986), der verspäteten Hochzeitsreise eines alten Paares, einer Fußreise, dem Flußlauf folgend bis ans Meer, einer Reise in die eigene Vergangenheit, an ein unerwartetes Ziel.

Die beiden Protagonisten dieser Erzählung reisen, teils in einem alten Bus, teils zu Fuß, auf der Suche nach legendären hölzernen Kathedralen, leben eine Art Narrenfreiheit, sind »frei von der Vergangenheit und auch ohne diese, sagen wir: Zukunft«, frei zu hören und zu sehen, zu träumen, sich zu erinnern, zu leben. Narren, sagt man, sind wie die Kinder dem Leben, der Wahrheit näher.

Sergej Paradschanow (1924–1989), der große armenische Filmregisseur, (Der Schatten vergessener Ahnen, 1965, Die

Farbe des Granatapfels, 1968, Die Festung von Suram, 1984),
eine legendenumwobene, charismatische, höchst kreative
Künstlerpersönlichkeit ist Guerra wesensverwandt, ist sein
Alter ego. Vieles verbindet sie, gemeinsam ist ihnen der non-
konformistische, kompromißlose Glaube an die Wahrheit und
Schönheit alles Einfachen, ein intuitives, dabei raffiniert äs-
thetisches ikonographisches Empfinden. Die Aufzeichnungen
über die gemeinsame Reise durch Georgien geben Einblick in
die Welt, in der Paradschanow zu Hause war.

Die beiden Themen, die allmähliche plastische Formung
der Figur des Generals und die eigentlichen Reiseaufzeich-
nungen mit dem Portrait des Freundes Paradschanow ver-
weben sich fast unmerklich zu einer Geschichte. Vergangene
oder erfundene Ereignisse und gegenwärtiges Erleben ver-
schwimmen ineinander, so daß wir am Ende der Lektüre uns
des Eindrucks nicht erwehren können, einem Traum, vielleicht einem Tagtraum nachgehangen, den vielen Spuren und
Assoziationen, die ein Name in unserem Innern auslösen
kann, gefolgt zu sein. In jedem Fall haben wir eine Reise un-
ternommen in ein episches Land, das unverhoffterweise an
die Romagna grenzt.

Tübingen, im Juli 1997
Elsbeth Gut Bozzetti

Tonino Guerra: eine literarische Entdeckung.

Tonino Guerra
Staubwirbel.

Geschichten
für eine ruhige Nacht.

Übertragen und mit einem
Nachwort versehen von
Elsbeth Gut Bozzetti.

Erweiterte und bearbeitete
Neuausgabe.

209 Seiten, br.
34,– DM / 248,– öS / 31,50 sfr
ISBN 3-931402-21-5

in Tübingen verlegt
von Klöpfer & Meyer

»In jeder Erzählung von
Tonino Guerra verbirgt
sich ein Gedicht, und
jedes Gedicht enthält
eine Erzählung: Den
›Staubwirbel‹ habe ich mit
allergößtem Vergnügen
gelesen.« Italo Calvino

»Staubwirbel«: eine
Sammlung Lyrik, Prosa,
Tagebuch. Tonino Guerra,
in der Nachkriegszeit mit
seinen Gedichten im ro-
mangnolischen Dialekt mit
einem Schlag bekannt ge-
worden, blättert hier die
unterschiedlichsten Seiten
seiner eigenwilligen, kon-
turierenden Phantasie auf.
Ein moderner Märchen-
erzähler, er entführt uns in
das Reich der Vorstellungs-
kraft, in dem wir Erinnerungen und Wünschen, Sehn-
süchten und Alpträumen
begegnen. Ein Schriftsteller, der das Geräusch der
fallenden Blätter hören
macht. Seine Geschichten
fallen wie Kieselsteine in
unsere Imagination, ziehen
dort immer größere Kreise.

Ausgezeichnet mit dem Baden-Württembergischen Landespreis für Kleinverlage.

Susanne Geiger

Nomaden, Südländer.

Oder Die Wahrheit der Kinder

Klöpfer & Meyer

Susanne Geiger

**Nomaden, Südländer.
Oder Die Wahrheit
der Kinder.**

*140 Seiten,
geb. mit Schutzumschlag
29,– DM / 212,– öS / 26,50 sfr
ISBN 3-931402-13-4*

**in Tübingen verlegt
von Klöpfer & Meyer**

Wenn Ohren Flügel bekommen, und Augen erbarmungslos und unbestechlich die Wirklichkeit erkennen, dann blicken Kinder in die Welt.

»Nomaden, Südländer. Oder Die Wahrheit der Kinder«: In Susanne Geigers jüngsten Prosastücken spiegeln sich Kindheit und Jugend der in den sechziger Jahren Geborenen: ein früh erfahrener Widerspruch von Grausamkeit und Behütetsein, von Liberalität und Repression. Das Erwachsenwerden zieht sich hin bis sie dreißig und älter sind.

»Der Röntgenblick der Autorin bohrt sich in die Tiefe, wo Sinnlichkeit und Gefühle verborgen sind.« **Kultur!News**

»Susanne Geigers Texte sind kunstvolle Gratwanderungen.« **Lift Stuttgart**

Walle Sayer. Thaddäus-Troll-Preisträger,
erhielt den Förderpreis zum Hölderlinpreis
der Stadt Bad Homburg für sein Buch:

»Es ist schön im hiesigen
Heimatmuseum. Kein Korb
mit vom Acker gelesenen
Steinen. Keine lichtlose
Knechtkammer. Kein mit
Blut beschmierter Grenz-
stein. Kein Brief aus dem
fernen Amerika. Kein Erlaß
der Obrigkeit. Kein Bildnis
einer vergewaltigten Magd.
Kein Wortlaut einer Bitt-
schrift. Kein Kindersarg.«

Walle Sayer

Kohlrabenweißes.

Menschenbilder
Ortsbestimmungen
Prosazyklen

161 Seiten, geb.
34,– DM / 248,– öS / 31,50 sfr
ISBN 3-931402-00-2

»Porentiefe Psychogram-
me.« **Südwestpresse** »Hinter dem Vordergründigen
schimmern die Konturen
einer erinnerungsschweren
Wirklichkeit auf.« **Südwest-**
funk »Ein unbestechlicher
Blick aufs Alltägliche: auf
das immer schon falsche
Leben aller.« **Badisches**
Tagblatt »Humor, Ironie
und Sarkasmus: scharfkan-
tige Prosa.« **Südkurier** »Ein
poetisches Kaleidoskop.«
Stuttgarter Nachrichten

in Tübingen verlegt
von Klöpfer & Meyer

Die Deutsche Bibliothek – CIP-Einheitsaufnahme

Guerra, Tonino: Lauer Regen : eine Erzählung / Tonino Guerra.
Übertr. und mit einem Nachw. vers.
von Elsbeth Gut Bozzetti. – Tübingen : Klöpfer & Meyer, 1997
ISBN 3-931402-22-3

Umschlagbild:

Tonino Guerra, »Primavera sul fiume Kurà (Casa di Riposo Licani)«,
Pastello

Lektorat: Hubert Klöpfer, Tübingen. Herstellung: Heike Haloschan,
Rottenburg. Satz: Klaus Meyer, Rottenburg. Umschlaggestaltung:
Werner Rüb, Bietigheim-Bissingen. Druck: Gulde Druck, Tübingen.